Hakims wunderbare Reise

Zum Buch

Als der indische Junge Hakim nach Jahren der Unterdrückung und grenzenloser Armut beschließt, aus dem trostlosen Waisenhaus wegzulaufen, ahnt er noch nicht, daß ihm eine abenteuerliche Reise bevorsteht. Er träumt von einem reichen, erfüllten Leben, und sein Hunger nach Freiheit ist so groß, daß er sich lieber mit Betteln und kleinen Diebstählen durchs Leben schlägt. Ein großer Traum treibt ihn vorwärts: Irgendwo, in einem abgelegenen Dorf auf dem Lande, soll ein Weiser wohnen, ein Lehrer der Kunst des erfolgreichen Lebens. Auf seiner Wanderung muß Hakim jedoch bald erkennen, daß die Suche nach dem Weisen vergeblich ist. Vielmehr erfährt er in der Begegnung mit einfachen Menschen – den Schwestern Meena und Devi und dem geheimnisvollen Zauberer Maloney – sich selbst und damit mehr Kraft, Freiheit und Erleuchtung, als er sich je erträumt hatte.

Zum Autor

Gautama Chopra wurde 1975 in Boston geboren und ist Student an der Universität von Columbia. Von den Büchern seines berühmten Vaters Deepak Chopra inspiriert, verarbeitet er Einsichten der indischen Weisheitslehre mit seinen Erfahrungen zahlreicher Reisen nach Indien. *Hakims wunderbare Reise* ist sein erster Roman.

Gautama Chopra

Hakims wunderbare Reise

Roman

Aus dem Amerikanischen von
Gerhard Beckmann

Mit einem Nachwort von
Deepak Chopra

Econ & List Taschenbuch Verlag

Veröffentlicht im Econ & List Taschenbuch Verlag 1999
Der Econ & List Taschenbuch Verlag ist ein Unternehmen der
Econ & List Verlagsgesellschaft, München

First published by Amber-Allen Publishing, San Rafael
Titel des amerikanischen Originals: Child of the Dawn
Aus dem Amerikanischen übersetzt von: Gerhard Beckmann
Umschlagkonzept: Büro Meyer & Schmidt, München – Jorge Schmidt
Umschlagrealisation: Init GmbH, Bielefeld
Titelabbildung: AKG, Berlin
Lektorat: Heike Peppel
Satz: Josefine Urban – KompetenzCenter, Düsseldorf
Druck und Bindearbeiten: Ebner Ulm
ISBN 3-612-27441-4

Meinen vier Großeltern:
Nani, Nana, Ma und Daddy,
den besten Beispielen von Erleuchtung,
zeitloser Weisheit und Unschuld,
die ich je kennengelernt habe.

Verloren

Die gleiche Sonne wird in neuen Ländern neu geboren – in einem Ring endloser Dämmerungen.

Rabindranath Tagore

Er war verloren. Irgendwann hatte er während seines jungen Lebens den Weg verloren. Aber welchen Weg hatte er denn verloren? Was war ihm verlorengegangen? Hier geht es, wie sich zeigen wird, nicht um ein Sich-verlaufen-Haben im labyrinthischen Straßennetz irgendeiner verschachtelten mittelalterlichen Stadt. Seine Verlorenheit, seine Orientierungslosigkeit war von noch verzweifelterer, trostloserer Art; denn er wußte nicht einmal, worin seine Verlorenheit bestand.

Das Kind war allein, wahrhaft allein, ohne Mutter, ohne Vater, ohne Angehörige, ohne Zuhause – er hatte nichts, was er sein eigen nennen konnte. Mit jeder Morgendämmerung, die die schlafende Metropole weckte, begann wieder ein Tag, an dem die Welt an ihm vorbeiging. Er sah kaum mehr einen Grund weiterzumachen. Er hatte niemanden, den er lieben, niemanden, mit dem er lachen, niemanden, mit dem er seine tiefsten Geheimnisse teilen konnte. Er kannte nicht

den Zauber der Erinnerung, nichts Heiliges, an das er sich halten konnte.
Eines Tages wurde er jedoch durch Wunschträume von Zauber und Lebensfreude dazu getrieben, sich auf die Suche nach Macht und dauerhaftem Glück zu machen. Es war eine Suche nach Lebenssinn, ein Streben nach Liebe, nach einem Grund seines Daseins. Und damit begann seine Erweckungsreise – eine Reise, die ihn aus dem Reich seiner Träume in eine chaotische Welt und wieder zurück an einen Ort führte, wo Träume Wirklichkeit werden.

1

Waisenkind der Großstadt

Hakim wachte auf, mit ausgestreckten Armen, so als ob er den Himmel umfangen wollte, doch er bekam nur den Dreck ab, den ein altertümlicher Wagen aufwirbelte, der an seinem Versteck vorbeisauste.

Die Dämmerung trug ihm vertraute Laute zu: das Weinen eines Säuglings, der die Mutterbrust suchte, das Krähen des Hahns, das Winseln von Hunden, Morgengebete und Begrüßungen und das Geklimper der Fußringe und Armreifen von Frauen. Nachwehende Gerüche von der Asche verbrannter Abfälle vermischten sich mit Weihrauch und reizten die Luft, die langsam vorbeiströmte und ihn wieder einmal aus nächtlichen Träumen riß. Widerwillig verließ das Kind diese Welt seiner Träume, um sich den Aussichten eines neuen Tages zuzuwenden.

Als Hakim die Augen öffnete, zeigte sich ihm die Welt des obdachlosen Waisenkindes auf der Straße. Die Stadt erwachte zum Leben, die Charaktere schlüpften in ihre Kostüme und begannen, ihre Rollen zu spielen. Kinder rannten auf den Plätzen umher, sie hoben Stöcke und Steine vom Erdboden auf, die ihnen beim Spielen als Schlagholz und Ball dienten. Frauen zündeten das morgendliche Herdfeuer an, während ihre Töchter die

Kleider wuschen und dann auf Felsblöcke droschen, um das Wasser aus den verschlissenen Fäden herauszuschlagen. Die Männer machten sich auf den Weg zu den billigen Läden und Ständen des Basars, in Erwartung eines Tages, den sie zwischen Dösen und Glücksspielen verbringen würden. Und die Alten beteten im Singsang um Schutz und Nahrung für ihre Familien zu Göttern und Göttinnen, die gesichtslos waren.

Aus der nachlassenden Dunkelheit tauchten die Strahlen der Sonne empor, um den Himmel mit leuchtend roten, gelben und blauen Farbtönen anzumalen. Die Hitze kroch langsam in die Schatten vor, um die Straßen der fieberhaften, geschäftigen Metropole zu versengen. Bevor die Sonne zu heiß wurde, begab Hakim sich allmorgendlich zu einer nahen Straßenkreuzung, wo er Fenster waschen und veraltete Zeitschriften und Schadobst verkaufen konnte, das er am Abend zuvor auf dem Markt gestohlen hatte. In den vorbeifahrenden Autos saßen nur selten Stammkunden. Es war ein ständiger Wechsel von Gesichtern. In Hakims Augen hatten all diese Personen jedoch eine ähnliche Identität: Das waren Menschen mit Leben – sie hatten Freunde und Familien, sie hatten Geld, sie hatten Macht.

Hakim sah makellos gekleidete Jungen aus den reichen Wohnvierteln im Osten der Stadt; sie waren unterwegs zur besten katholischen Privatschule, einem roten Backsteingebäude, das am Ende der Straße lag. Manchmal folgte Hakim ihnen bis an die bedrohlich hohen Mauern, welche die Schule von der übrigen Stadt abschnitten. Dann spähte er durch das Tor, wenn die Kinder in eine Kapelle mit einem Dachkreuz verschwanden. Hakim fragte sich immer wieder, was das wohl für Geheimriten sein mochten, die die Jungen zu Hunderten ins Innere der Kapelle lockten.

Auf den Sportplätzen, die das Gebäude umgaben, spielten Kinder Fußball und Kricket, sie lachten und kämpften miteinander in zugeknöpften Hemden und Knickerbockern. Im Unterschied zu den Kindern der umliegenden Dörfer hatten sie fein polierte Schlaghölzer und Bälle, sie trugen Knieschützer und hatten herrliche Schuluniformen. Hakim stellte sich vor, wie sie abends in vornehme Häuser zu freudestrahlenden Eltern heimkehrten und dort ihre prallen Schultaschen leerten – von Büchern, Schreibheften und Bleistiften. Ihre Herzen waren voller Hoffnungen und Zukunftsträume – es waren Hoffnungen und Träume, die Hakim nie gekannt hatte.

Von Westen her, vom Fünf-Sterne-Hotel Intercontinental, kam ein Strom von Touristen. Hakim wunderte sich oft über diese Ausländer, die über die Ozeane kamen, um in Indien im Luxus zu leben. Manchmal träumte er, daß er das Kind eines solchen Fremden sei und eines Tages seinen rechtmäßigen Platz einfordern würde. Er bewunderte ihren Reichtum und ihren üppigen Lebensstil, ihre gestärkte Kleidung und ihre Ledertaschen. Um nicht der Außenwelt ausgesetzt zu sein, saßen die Hotelgäste meist in blitzblanken, klimatisierten Autos. Da an der Hoteleinfahrt dichter Verkehr herrschte, bildeten die Abgase auf Hakims olivfarbener Haut eine dünne Rußschicht.

Hakim war im Alter von zwölf Jahren aus dem Städtischen Waisenhaus weggelaufen. Er war mit so großem Selbstvertrauen und Hoffen auf die Straßen hinausgetreten, daß sich ihm der Kopf drehte. Im Unterschied zu den meisten obdachlosen Waisen hatte Hakim sich nicht mit andern zusammengetan; er hatte sich auch keiner Bettelgruppe angeschlossen. Er hatte es inzwischen zu großer Schläue und Geschicklichkeit gebracht, so daß er sich allein behaupten konnte; dabei hatte er auch gelernt, sich immer nur um die eigenen Angelegenheiten zu kümmern. Wenn es Hakim besonders gut erging, teilte er seinen Verdienst mit anderen Straßenkindern und bewahrte sie dadurch oft vor Prügel von rücksichtslosen Bandenführern, die auf Tribut aus waren.

Die anderen Kinder schauten zu Hakim auf; sie bewunderten seine Unabhängigkeit und seinen Mut. Für einen Straßenwaisen galt er als sehr erfolgreich. Hakim selbst war das jedoch nicht genug. Nach zwei Jahren auf der Straße wurde ihm klar, daß die gefängnisartigen Mauern seiner Kindheit im Waisenhaus ihn noch immer umfingen. Hakim sehnte sich danach, der Armut und der Unterdrückung zu entkommen und in dem Reichtum und dem Überfluß zu leben, den er auf der Straße täglich an sich vorbeifahren sah. Er sehnte sich aus ganzem Herzen nach dem einen, von dem er glaubte, daß es ihm Freiheit und bleibende Zufriedenheit bringen würde. Dieses eine war Reichtum. Um ihn zu gewinnen, war er bereit, alles auszuprobieren, alles zu tun oder überall hinzugehen.

2

Verbotene Frucht

Aus den Wolken von Staub und Hitze tauchte Hakim auf dem Marktplatz hervor. Sein Herz wogte, so als ob es in den Pulsschlag des florierenden Marktes einstimmen wolle, der jede Straßenecke mit Leben füllte. Die Stände quollen über von Obst und Gemüse aller Arten und Farben, die Kunden füllten sich die Körbe und feilschten um Preise. Düfte von Zimt, Kumin, Koriander, Pfeffer und Senfsamen vermischten sich mit Kuhdunggeruch und dem alles durchdringenden Staub, um dem Basar eine ganz einzigartige Aura zu verschaffen. Hohle Stimmen schnitten durch die verschwitzte Luft, die Kaufleute riefen in Erwartung guter Geschäfte ihre Produkte und Preise aus. Ihr Rufen hallte von der verstaubten Steinmauer wider, die den alten Markt umrandete. Zwischen den sich schlängelnden Menschen wanderten Kühe herum; streunende Hunde beschnüffelten auf Fressensuche jeden Dreckhaufen.
Eine Staubwolke warf einen gelben Dunstschleier über die ganze Szenerie. Durch den Dunstschleier sickerte der Sonnenschein, der die Schatten der Steinmauern auf die verhärtete Erde warf. Es waren seit Jahrhunderten die gleichen Schatten, die hier Tag für Tag um die glei-

che Zeit erschienen; die Akteure hatten in zahllosen Generationen gewechselt; das Drehbuch und die Bühne aber waren die gleichen geblieben.

Morgen für Morgen packten die Ladenbesitzer ihre Waren aus und saßen danach im Schneidersitz vor ihrem behelfsweisen Geschäft, um ihre Produkte zu verkaufen: ausländische Stoffe, exotische Nahrungsmittel, dicke Öle, feudale Juwelen und die großmundigen Verheißungen von Wunderheilmitteln.

Hakim schaute dem morgendlichen Treiben zu – den heimlichen Verabredungen, dubiosen Transaktionen und den Dramen des Alltags, die die Leute so überaus ernst nahmen. Gepflegte Hausfrauen besorgten auf dem Heimweg von Morgenkaffee und Maniküre ihre Einkäufe; Gelehrte stöberten in alten Büchern nach fleckigen Seiten von Chaucer und Yeats. In Eisenwarenhandlungen saßen Geschäftsleute im Ruhestand und ackerten durch Berge von Metall, um eine ganz bestimmte Schraube für ein Radio zu finden, das sie vor vierzig Jahren gekauft hatten.

Hakim knurrte der Magen; sein Hunger war so stark, daß ihn die kärglichen Bissen in seinem Versteck unter der Brücke nicht befriedigen konnten. Mit einem einzigen Blick schätzte er seine Chancen ab, sich etwas Nahrhaftes zu sichern. In der Sonne leuchteten saftige Mangos und Melonen; ihm lief das Wasser im Mund zusammen, während er entschied, welchen Stand er sich vornehmen sollte.

Ganz am Ende einer Gasse bemerkte Hakim eine junge

Frau in einem leuchtend orangefarbenen Sari, die gerade die Abdeckung ihres Standes entfernte und herrliche gelbe und grüne Mangos enthüllte. An einer Seite des Standes trottete gemächlich eine schwarze Kuh auf Futtersuche, die mit ihrer Schnauze über den Boden fegte. Hakim glitt flink und leise hinter das riesige Tier. Er kauerte sich hinter eine Flanke und behielt die Frau im Blick, die ihre Waren sorgfältig aus dem Karren auslud. Sie hatte ein feingeschnittenes Gesicht, das weder lächelte noch traurig wirkte. Sie war völlig auf ihre unmittelbare Aufgabe konzentriert.

Hakim spähte unter den Schleier, der ihre Stirn schützte, in ihre zarten braunen Augen. Sie waren sanft und freundlich; sie schienen für sich zu sprechen. Da wußte er in seinem tiefsten Innern, daß die junge Frau ihn verstehen, Mitgefühl für ihn haben, ja sogar würde helfen wollen, seinen Hunger zu stillen. Schweigend dankte er ihr, bevor er sich verstohlen dem Stand näherte, um seinen Fang zu machen.

Aus ihrem Augenwinkel sah Sunali einen kleinen Arm in braunem Leinen hinter einer Kuh hervorkommen und in ihren Stand hineingreifen. Statt den Arm zu pakken oder zu schlagen, unterdrückte sie ein Lächeln, als sie beobachtete, wie die kleine Hand unentschlossen über einer Frucht, dann über einer anderen, größeren schwebte und schließlich nach der größten von allen griff.

Sunali, die mehr als nur ein bißchen Mitleid empfand, machte weiter und tat, als ob sie den Diebstahl gar nicht bemerke. Sie ließ sich besonders viel Zeit, um einen leeren Sack zu durchwühlen, der zu ihren Füßen lag, weil sie das Vorhaben des Straßenjungen nicht stören und ihn nicht in seinem Stolz verletzen wollte.

»Willst wohl eine Mango stehlen, wie?« Die Donnerstimme fiel im gleichen Moment über Hakim her, als er das schwere Knie spürte, das ihm in die Seite krachte, so daß er das ersehnte Stück Obst notgedrungen fallen ließ. Die Kuh wurde aus ihrer Schläfrigkeit aufgeschreckt, gab ein tiefes, rumpelndes Muhen von sich und schleuderte Hakim eine Klaue Dreck ins Gesicht.

»Solche Manieren habe ich dir jedenfalls nicht beigebracht.«

Nachdem Hakim sich gefaßt hatte, blickte er in das Gesicht des Direktors von seinem früheren Waisenhaus empor. Der Direktor hatte dunkle, feingeschnittene Gesichtszüge. Unterhalb der breiten Stirn saßen schmale Brauen, die dunkle Augen rahmten. Er hatte langes, dichtes schwarzes Haar; ein fein getrimmter Bart verlieh seinem scharfen Kinn ein gebieterisches Aussehen. Er war groß und schlank und trug einen langen, dunklen Mantel, der sein bedrohliches Aussehen noch unterstrich.

Hakim blickte zu dem Mann hoch und erinnerte sich an die Verachtung und die Angst, die er ihm eingeflößt hatte. Wie immer, fiel ihm auch jetzt wieder das große Muttermal auf, das neben dem rechten Auge des Direktors vorstand. Es war die einzige Unvollkommenheit in seinem ansonsten scharfgezeichneten, schönen Gesicht.

Hakim rief sich all seine Jahre im Waisenhaus in Erinnerung, wo dieser ungeheure Mann Herr und Meister war. Fast ein Jahrzehnt der Mißhandlung, einer nie abreißenden Sturzflut demütigender Bemerkungen und fürchterlicher Schläge, die die Kinder angsterfüllt niederhielten, hatte er gemeinsam mit den andern Waisen ertragen. Dieser Mann, der nur als der »Meister« bekannt war, war der schlimmste Peiniger von allen gewesen.

Für den Meister war der Umgang mit den Waisenkindern nur ein Spiel – ein Spiel, bei dem die Kinder nie gewinnen konnten. Er verwendete das ganze Geld, das er von korrupten Regierungsbeamten für das Waisenhaus lockermachte, für seine persönlichen Bedürfnisse. Es war ein gutgewahrtes Geheimnis, daß die Waisen für ihn arbeiten mußten und für ihre Mühen kaum genug zu essen bekamen. Während also der Meister alles hatte, was er sich nur wünschte, mußten »seine Kinder«, wie er sie gern nannte, ums Überleben kämpfen.

Selbst jetzt schien dem Meister das Schicksal eines früheren Ausreißers gleichgültig. Er hatte Hakim in die Knie gezwungen und hielt den Jungen mit seiner langen schmalen Hand am Kragen gepackt. Nachdem er die Figur der erschrockenen Sunali mit einem abschätzenden Blick von Kopf bis Fuß abgetastet hatte, schenkte er ihr ein freundliches Lächeln.

»Ich versichere Ihnen, Madam, daß dies nicht die Art von Benehmen ist, das ich meinen Jungen beibringe. Dieser hier« – er gab Hakim mit dem Handrücken einen

Schlag auf den Hinterkopf – »ist uns entkommen, bevor wir ihm ein bißchen Verstand einbleuen konnten.«

Der Meister gab sich wie ein König. Er wußte, wie man die Aufmerksamkeit eines Publikums gewinnt, und er verstand sich auch auf die Kunst, eine Frau zu bezaubern. Sunali aber hatte sein unerwartet energisches Auftreten erschreckt. »Ich kann nur solche Kinder erziehen, die lernwillig sind«, erklärte er mit hochgezogenen Augenbrauen und musterte die junge Frau eindringlich.

Sunali machte einen bekümmerten und hilflosen Eindruck. Mit einem plötzlichen Aufwallen von Ritterlichkeit suchte Hakim sich aus dem Griff des Meisters zu befreien; umsonst. Der Meister drehte sich um, richtete den Blick auf Hakim und sagte in einem drohenden Ton: »Man behandelt eine Frau nicht so respektlos, daß man sie bestiehlt.«

Einen Augenblick lang erschauerte der kleine Junge in dem festen Griff und unter den stechenden Augen des Meisters. Mit unterdrückter Stimme flüsterte er Hakim zu: »Eine verbotene Frucht sollte nur der kosten, der sie sich nehmen kann, ohne dabei erwischt zu werden. Laß dir das eine Lehre sein, Sohn – eine Lehre von deinem Meister.« Sein Griff um Hakims Hals wurde noch fester. Sunali rang nach Luft.

»Heb sie auf«, befahl der Meister mit strenger Stimme und deutete mit einem Kopfnicken zu der auf dem Boden liegenden Frucht. »Heb sie auf und gib sie der Frau.« Und er versetzte Hakim mit dem Knie erneut einen heftigen Stoß, so daß der Junge sich zum zweitenmal krümmte. Hakim kochte innerlich vor Wut, als er hochblickte und die scharfen Züge und das häßliche Muttermal des Mannes wahrnahm. Auf dem Gesicht des Meisters zeigte sich ein schwaches Lächeln, ganz als ob er stolz wäre, solch eine Reaktion auszulösen.

Hakim schaute zu Boden, um nach der beschädigten Frucht zu fassen, und sah, daß Sunalis Hand nach ihr ausgestreckt war. Die Blicke der beiden trafen sich; ihre Augen standen jetzt voller Tränen. »Bitte, Madam, gestatten Sie.« Hakims Stirnrunzeln wich einem schelmischen verschmitzten Grinsen. Er griff mit der Hand nach der übergroßen Mango, die in seiner Hand aufplatzte und Ströme von Saft ausstieß. Er umklammerte sie mit aller Kraft, warf mit einem blitzschnellen Schwung seinen Arm herum und rammte ihn dem Meister in den Unterleib. Den Meister traf ein Schmerz, er bog sich vornüber und stieß einen gellenden Wehschrei aus. Im Käfig des Metzgers nebenan begannen bei dem Schrei die Hühner ganz wild drauflos zu gackern. Hakim rappelte sich hoch und wandte sich Sunali zu.

»Madam, ich bitte um Entschuldigung . . .«

»Lauf!« schrie sie, streckte mit verblüffender Schnelligkeit den Arm aus und entzog Hakim dem erneuten Zugriff des Meisters.

Hakim drehte sich zu ihr um. Auf ihr lautloses Lachen, bei dem er sich plötzlich ganz klein vorkam, antwortete er mit einem verlegenen Grinsen. Dann zeigte er ein strahlendes Lächeln des Triumphes über den Meister, der noch immer krampfartig gebückt stand. Demütig faltete Hakim die Hände zum Abschiedsgruß für Sunali und tauchte geschwind in der Menge unter.

Im Untertauchen in das Labyrinth der gewundenen Marktgassen war Hakim geübt. Er lief gar nicht weit, denn er wußte, der Meister hatte kaum eine Chance, ihn zu fangen. Hinter der Seite eines Eisstands versteckt, schaute Hakim dem Meister nach, der wie ein betrunkener Seemann davontorkelte, während Sunali ihren Karren eiligst in die entgegengesetzte Richtung schob.

Mit glasigem Blick suchte der Meister in der Menge nach irgendeiner Spur von Hakim; er rannte jedoch nicht hinter dem Jungen her. Statt eines unmutigen Stirnrunzelns über die erlittene Demütigung breitete sich ein selbstzufriedenes Lächeln über sein Gesicht. Der Meister war sich darüber im klaren, daß er das schnellfüßige Kind nicht einzuholen vermochte; andererseits war er sich im tiefsten Innern gewiß, daß ihre Wege sich nicht zum letztenmal gekreuzt hatten.

3

Die Wohnung des Meisters

Hakim bewegte sich im Eilschritt durch die gewundenen Straßen und dichtgedrängten Märkte, während er darüber nachdachte, wie er es dem Meister heimzahlen könnte. Der knurrende Hunger im Magen war beinahe vergessen; an seiner Stelle machte sich ein tiefsitzender Groll breit. Hakim verstand nicht, wieso der Meister noch immer solch heftige Gefühle in ihm wecken konnte. Eine so starke Empfindung wie diesen Haß auf den Meister hatte er noch nie erlebt. Und dennoch bewunderte er den Meister und wünschte sich insgeheim, daß er selbst eines Tages einmal über eine so große Macht und Autorität verfügen würde.

Hakim war fest entschlossen, sich für die Demütigung zu rächen, die er aufs neue erlitten hatte. Diesmal würde er dem Meister eine Lektion erteilen; er wollte ihm einen seiner kostbarsten Schätze stehlen. Er brauchte gar nicht lang, um das oberste Stockwerk der Wohnung des Meisters zu erreichen. Der Wohnbereich des Meisters mit dem opulenten Eßzimmer lag weitab und getrennt vom heruntergekommenen Waisenhaus, so daß er den Blicken der häufigen Besucher verborgen blieb.

Diesen versteckten Wohnbereich hatte Hakim gegen

Ende seiner Waisenhauszeit entdeckt; er hatte auch herausgefunden, wie er sich dort unbemerkt einschleichen konnte. Immer wieder hatte er sich in diesen verbotenen Teil des Hauses gewagt. Er kannte im Fußboden des Balkons jedes Brett; er wußte jedes Quietschen zu vermeiden. Nun kauerte er auf dem Balkon hinter einer Säule, so daß er für die beiden Männer ein Stockwerk tiefer nicht sichtbar war.

Gesprochen wurde dort unten wenig – jedenfalls konnte Hakim nichts hören. Der Meister lehnte sich auf seinem Stuhl zurück. Er wirkte nachdenklich und furchtbar schlecht gelaunt, während er seinem Sohn Karun zuschaute, der sich an einem üppigen Mahl gütlich tat. Karun, der schlanker als sein Vater war, aber einen gierigeren Appetit hatte, aß fieberhaft. Als der Meister beobachtet hatte, wie der Junge ein ganzes Huhn verschlang und nach einem weiteren langte, rief er schließlich laut: »Wir haben zu Ende gegessen. Abdecken!« Daraufhin erschienen in der Tür Diener, die sich dem Tisch näherten. Karuns Gesicht verfinsterte sich vor Unmut.

»Ich bin mit dem Huhn noch nicht fertig, Vater«, sagte er. Dann sprach er die Diener an: »Laßt das ...«

»Ruhe! Du bist fertig«, schnitt ihm der Vater das Wort ab. »Räum ab, Shanti«, befahl er dem zögernden Diener. Karun kniff frustriert die schmalen Augen zusammen und warf dem davongehenden Diener einen drohenden Blick zu. Von seinem Kinn tropften Sauce und Speisereste.

Der Meister musterte angewidert seinen Sohn. Er hatte

Karun jeden Luxus gestattet; er hatte ihn von den berühmtesten Professoren privat unterrichten lassen; doch das Wesentliche, das er ihm nahezubringen versucht hatte, das hatte der Junge nicht begriffen. Karun lungerte Tag für Tag faul herum, er spielte mit Freunden um Geld, er quälte die Waisenkinder und tyrannisierte die Diener, die sich nicht wehren konnten.

Der Junge wandte seine Aufmerksamkeit dem Vater zu, der jetzt die Augen geschlossen hatte, als ob das der Verdauung förderlich wäre.

»Vater, es sind wieder einmal ein paar städtische Beamte vorbeigekommen, die sich über das eine oder andere beschwert haben – wegen der Überfüllung, dem Platzmangel, den knappen Eßrationen.« Seine Stimme nahm einen Ton purer Arroganz an. »Ich habe alles geregelt.«

Der Meister öffnete die Augen und musterte den Jungen, der selbstgefällig fortfuhr: »Ich habe ihnen ein kleines Geschenk mitgegeben, und schon war die Sache in Ordnung.« Der Junge hielt kurz inne. »Ich habe es geschafft, daß sie mir aus der Hand fraßen, Vater.«

»Hast du das?« antwortete der Meister.

»Es ist schon ein bißchen langweilig geworden, weißt du. Ehrlich, Vater, ich jage diesen nutzlosen Bürokraten genauso Furcht ein wie den kleinen Ratten hier. Wenn ich den Raum betrete, stehen sofort alle stramm. Ich finde es ziemlich lustig, diese Art von Macht auszuüben.« Er lächelte arrogant und triumphierend.

Die Augen des Meisters waren wieder geschlossen. »Das nennst du *Macht*, Sohn? Dummen Bürokraten

Geld nachzuwerfen – Waisenkindern und unwichtigen Straßenratten Furcht einzujagen – das nennst du *Macht*? Du bist wirklich ein Narr, Karun.« Er öffnete die Augen und musterte den Jungen mit einem höhnischen Blick.

Der zurechtgestutzte Karun schaute seinen Vater an. »Was meinst du damit?«

»Ich meine«, erwiderte der Meister, »du hast überhaupt keine Ahnung, was Macht bedeutet.«

»Vater, für dein Philosophieren habe ich keine Zeit«, sagte Karun in dem Bemühen, seinen Stolz zurückzugewinnen.

»Was soll das heißen: Du hast keine Zeit, du Vollidiot? Ich habe alles getan, um dir die Leitung dieses Unternehmens zu übertragen, du bist jedoch außerstande, dich drum zu kümmern. Ich habe heute eine von deinen ›kleinen Ratten‹ auf dem Markt beobachtet. Beim Stehlen habe ich den Kleinen erwischt – dabei sollte er längst wieder im Waisenhaus zurück sein und für uns arbeiten.« Als der Meister die Begegnung vom Morgen erwähnte, spürte Hakim Wut in sich aufsteigen.

»Karun, du hast weder die nötige Fähigkeit noch die Autorität, um dieses Haus zu führen. Es wäre vielleicht höchste Zeit, daß du dir das alles aneignest.«

»Es gehört mir aber doch schon, Vater«, erklärte der Junge.

»Dieses Haus gehört dir?« rief der Vater aufgebracht. »Du glaubst wirklich, daß es dir gehört?« Er schlug mit dem Vorderarm auf einen Becher, der vor seinem Sohn auf dem Tisch stand; der Wein klatschte dem Jungen auf die Brust und machte Flecken auf seinem weißen Hemd.

Der Junge starrte seinen Vater wütend an und versuchte eine Erwiderung. »Was ...«

»Das gehört *mir,* Karun. Das alles hier gehört *mir,* und selbst wenn ich mich dazu entschließe, dir etwas zu geben« – er hielt inne und hob dann seine Stimme –, »dann gehört es dir noch immer nicht wirklich, bis du es dir auch verdient hast!« Sein Zorn stieg hörbar an.

Der Zorn des Meisters entlockte Hakim ein Lächeln. Karun hatte ihn schon immer mit Ekel erfüllt. Er war dreist im Waisenhaus herumstolziert, hatte alle in Sichtweite herumkommandiert und sich hinter bezahlten Schlägertypen versteckt, die dafür sorgten, daß die Leute seine Wünsche auch ernst nahmen. Keiner hatte Achtung vor ihm; sie befolgten lediglich seine Befehle, weil sie die Macht seines Vaters fürchteten.

Karun war etwas durcheinander. Er rutschte unsicher auf seinem Stuhl hin und her und lehnte sich dann mit trotziger Miene nach hinten.

Der Meister betrachtete fassungslos seinen Sohn. Der erbärmliche Anblick, der sich ihm jetzt bot, steigerte nur noch seine Wut. Er erhob sich von seinem Stuhl und warf den Tisch um; was sich noch an Tassen und Tellern darauf befand, schlug zu Boden. Karun wankte wie betäubt von seinem Stuhl hoch. Der Meister marschierte ungestüm im Zimmer auf und ab.

»Was ich dich zu lehren versucht habe, Karun, was du

aber offenbar nicht begreifen kannst, ist folgendes: Die Macht eines Menschen kommt von innen, aus seinem Wesen. Es ist nicht der Titel, den du genießt, nicht die Position, die du erreichst – sie sind keine Grundlage wahrer Macht. Titel und Positionen können dir in jedem Moment geschenkt und wieder genommen werden. Dann bleibt dir nichts.«

Der Meister blickte seinem Sohn in die Augen. »Was würdest du denn machen, wenn ich dir dein Geld oder deine Position nähme? Welche Art von Macht besäßest du dann? Wer würde dann noch auf dich hören, Karun? Die Macht, die *du* genießt, hängt davon ab, daß sie von anderen gestützt wird. Das ist doch keine wahre Macht. Wahre Macht entsteht nur, wenn du weißt, was du willst, und handelst, um deinen Wunsch zu erfüllen. Sie erwächst aus dem Selbst – dem *inneren* Selbst, und nicht etwa aus deinem aufgeblasenen Ego, Karun. Wenn du es verstehst, solche Macht für dich einzusetzen, dann wird sich aus diesem Verstehen alles andere mehr als reichlich ergeben.«

Die Stimme des Meisters wurde leiser. Hakim beugte sich vor, um die Worte des Meisters zu hören. »Ich sage das nur zu deinem Besten, *um unseretwillen*, Karun. Ach, was wir gemeinsam alles bewerkstelligen könnten ... Denk an die *wahre* Macht, die du dir aneignen könntest, um dein Schicksal in der Hand zu haben und dir allen Reichtum zu verschaffen, den du dir wünschen magst!«

»Vater, wenn du dieses Wissen, von dem du sprichst, schon besitzt« – Karuns Augen leuchteten wieder auf, weil er sich von seiner Angst erholt hatte –, »dann teil es mit mir!«

»Ich besitze es in der Tat, nur ist es persönliches Wissen. Es gibt Dinge, die du ganz für dich allein, aus eigener Anstrengung erlernen mußt. Den Wunsch und Willen zum Erfolg kann dir niemand schenken – der muß aus dir selbst kommen. Ohne Verlangen kommt es nicht zur Tat; ohne Tat kann es keine Resultate geben. Das Verlangen ist einer der Schlüssel zu Reichtum und Macht. Deine Bedürfnisse sind jedoch leider allesamt befriedigt. Du hast überhaupt kein Verlangen, etwas zu tun, Karun.« Der Meister brach ab, als ob er sich der Sinnlosigkeit seiner Erläuterungen bewußt würde.

»Vater ...« hob der Junge an.

»Sei still, Karun, vielleicht könntest du etwas lernen. Ich war so wie du, ich war ganz besessen von einem Leben des Trinkens, des Glücksspiels und der Wettleidenschaft, ich war besessen von der Macht – beziehungsweise von dem, was ich für Macht hielt –, ich gab Befehle und hatte Diener, um mir alle meine Wünsche zu erfüllen.« Der Meister schloß einen Augenblick die Augen und gedachte der verlorenen Zeiten.

»Doch ich hatte Glück. Ich habe frühzeitig die Grundsätze kennengelernt, die es mir ermöglichen, Reichtum zu erwerben, die Achtung anderer zu gewinnen und selbst über mein Schicksal zu bestimmen. Diese Geheimnisse habe ich erfahren durch ...« Er zögerte.

»Wodurch?« rief Karun dazwischen.

Der Meister neigte den Kopf schräg, wie um sich den

Gedanken wieder ins Gedächtnis zurückzurufen. »Ich bin jemandem begegnet«, sagte er plötzlich in einem merkwürdigen Ton. »Ich bin diesem alten Mann begegnet, dem ›Weisen‹, der in einem kleinen Dorf wohnt ...«

»Aber Vater«, unterbrach ihn Karun heftig, »zu all diesen Gurus und Lehrern hast du mich gebracht, seit ich ein Kind war. Ihre Wissenschaft und heiligen Schriften habe ich schon gelernt. Von was für einem Weisen sprichst du jetzt?«

Der Meister zeigte sich offen enttäuscht, als er entgegnete: »Du mußt ihn selbst finden, Karun. Den Weisen kannst du nur für dich selbst entdecken. Es ist deine Sehnsucht nach Weisheit, die seine Weisheit anzieht.

Es war dieser eine Weise, der mich die Geheimnisse wahrer Macht gelehrt hat. Diesen Weisen mußt du selbst suchen, Karun. Das muß jeder für sich tun. Wenn du es aber tust, dann erwartet dich eine Fülle des Wissens, das wertvoller ist als alles Gold.«

Hakim beugte sich mit wachsender Neugier über das Geländer.

Der Meister flüsterte jetzt beinah, als er seinem Sohn erklärte: »Versteh doch, deine Gedanken und deine Gefühle haben eine magnetische Anziehungskraft. Sie sind der Magnet, der Menschen, Umstände und Ereignisse anzieht und dir zuführt. Worauf immer du deine Aufmerksamkeit lenkst, das wächst in deinem Leben. Wenn du den Quell deiner Macht verstehst und ihn zu gebrauchen lernst, wird dir alles zufallen, worum du bittest.«

Er betrachtete seinen Sohn. »Über *diese* Art Macht würdest du doch gern verfügen, nicht wahr?«
Bei dem Gedanken an solch erfurchtgebietende Macht erfaßte Hakim eine gewaltige Erregung. Hier lag der Schlüssel zu dem Reichtum, nach dem er sich sehnte.
Der Meister ging zur Tür; er wollte das Zimmer verlassen.
»Wo finde ich diesen Kerl, Vater?« fragte Karun zweifelnd. Er hielt inne und holte tief Luft. »Den ›Weisen‹, wie du ihn nennst. Warum kannst du mir nicht einfach sagen, was du von ihm erfahren hast?«
Der Meister drehte sich um, um seinem Sohn in die Augen zu sehen. Der wehleidig-mißtrauische Ton in der Stimme des Jungen war ihm nicht entgangen; es war völlig zwecklos, diesen Jungen etwas lehren zu wollen.
»Ich weiß nicht, Karun. Wie ich gehört habe, hat in der Stadt jedoch der Karneval begonnen. Vielleicht solltest du dort anfangen.«
Der Meister stöhnte und wandte sich wieder zur Tür.
Da bemerkte Hakim plötzlich, daß er sich gar nicht mehr versteckt hielt, sondern auf geradezu gefährliche Weise über dem Balkongeländer hing. Er zog sich zurück, es geschah aber zu rasch; die plötzliche Verlagerung seines Körpergewichts verursachte ein Knarren des Bodens. Hakim hielt den Atem an, schloß die Augen und begann aus tiefster Seele zu beten. Bei dem Gedanken, daß er gefangen und wieder ins Waisenhaus gesteckt werden könnte, schossen ihm Tränen in die Augen.

Karun hatte gar nichts bemerkt. Der Meister aber blieb wie angewurzelt stehen. Er konnte eine menschliche Präsenz im Schatten spüren. Er hob den Blick zum Balkon, sah jedoch nichts. Er senkte den Kopf und verschwand leise vor sich hinmurmelnd durch die Tür.

Der Meister war viel zu sehr ins Gespräch mit seinem Sohn vertieft gewesen, um die Störung auf dem Balkon zu bemerken. Jetzt, da er sich einer anderen Präsenz bewußt geworden war, konnte er die Neugier fühlen, die in der Luft lag, das leidenschaftliche Verlangen, das seine Rede geweckt hatte. Er wußte, daß sein Sohn die Geheimnisse des Weisen nie finden würde. Doch es gab einen anderen, potenten Jungen. Eine so starke Kraft, eine so durchdringende Neugier hatte der Meister seit sehr langer Zeit nicht mehr wahrgenommen. Sie erinnerte ihn an den eigenen starken Willen, die eigene Entschlossenheit.

Der Meister hatte sich oft gefragt, wer außer seinem Sohn die Weisheit, die er verkörperte, beanspruchen und ihm helfen könnte, seinen Einflußbereich weiter auszudehnen. Selbst ein so durch und durch egoistischer Mensch wie er vermochte den Wunsch zu empfinden, die Geheimnisse seines Erfolgs mit jemandem zu teilen, der sein Vermächtnis fortführen würde. Er hatte immer gehofft, einmal Mentor eines solch lernbegierigen Schülers zu sein; nun spürte er, daß solch ein Schüler sich in sein Haus einschlich, zu ihm kam und ihn um Rat bat. »O ja«, sagte er für sich. »Vielleicht ein anderer Schüler. Dieser wäre bestimmt dazu befähigt.«

4

Nächtliche Schatten

In seinem überwältigenden Verlangen, den Weisen und seine Geheimnisse zur Erlangung von Macht zu finden, lief Hakim geschwind über die Straße, die vom Waisenhaus wegführte. Und obwohl Hakim genau wußte, daß die Worte des Meisters ihm den Weg zum Glück weisen könnten, war er doch so müde und erschöpft von den Ereignissen des Tages, daß es ihm an der nötigen Kraft und Entschlossenheit zum völligen Verständnis dessen fehlte, was er zufällig mitgehört hatte.

Nach einem letzten flüchtigen Blick auf die Kinder in der Gefangenschaft des Waisenhauses stahl er sich davon. Durch die dichtbevölkerten Straßen wanderte er in Richtung seines Verstecks unter der Brücke und war kaum zehn Minuten gegangen, als er am Straßenrand einen Jungen bemerkte, ein Waisenkind wie er selbst, gleichen Alters und von kleinem Wuchs; seine Miene verriet Trauer und Not, ein Ausdruck, den Hakim bei obdachlosen Waisen gewohnt war.

Dem Jungen traten Tränen in die Augen, Tränen der Einsamkeit und Verzweiflung – ein Gefühl, das Hakim vertraut war; er hatte es oft genug selbst erlebt, wie aus seinem eigenen Innersten Tränen aufstiegen. Und

Hakim hatte die Gefahr bezwungen, sich dem Leid zu ergeben. Nun mußte dieser Junge es ebenfalls lernen. Hakim behielt den Jungen auf der anderen Straßenseite im Blick. Das Leben auf der Straße war für den Jungen offenbar neu; schon deshalb regte sich Mitgefühl in Hakims Herz. Der Ausdruck von Schrecken und Einsamkeit auf seinem Gesicht weckte in Hakim den Wunsch, ihm eine helfende Hand zu reichen. Der nagende Hunger im eigenen Magen machte ihm aber klar, daß er gar nichts anzubieten hatte. Er drehte sich um und ließ den Jungen allein.

Die Dämmerung war angebrochen, als Hakim sich an Ständen und Läden, an Autos und Fahrrädern vorbeischlängelte, bevor er schließlich die kühlen Schatten unter der Brücke erreichte und in die Ansammlung von Decken und Tüchern schlüpfte, die ihm als Bett diente. Er wurde von einer Woge der Schläfrigkeit erfaßt. In einem Wirbel von Müdigkeit entschwand die Welt. Sein Körper überließ sich einem Dösen.

So vergingen Minuten. Das Chaos des Tages ließ nach, als er in die Welt der Träume eintrat. Ein weiterer Tag war zu Ende gegangen, und für seine nächtlichen Abenteuer und Eskapaden konnte Hakim jetzt neue Masken tragen. In der Rückkehr zur Nacht konnte er die Welten von Königen und Königinnen, von Kriegern und leidenschaftlichen Liebhabern betreten, konnte er Länder regieren und sein Schicksal selbst bestimmen, die Geschichte neu schreiben und ein Vermächtnis hinterlassen. In seinen Träumen besaß er alles, was er sich wünschte. Er war mächtig und reich, ansehnlich und geachtet – vor allem aber war er geliebt. Solche Illusionen trösteten ihn und machten ihm Mut, weil er zumindest in seinen Träumen die Schlüssel zu Reichtum und Glück in der Hand hielt.

Die Luft wurde von Jasminduft erfüllt, und eine Nachtigall begann ihr Lied. Hakim lag zusammengerollt in seiner einsamen Ecke, als in den Schatten eine majestätische Gestalt erschien. Sie trug einen schlichten grünen Schal, der ihr Haupt bedeckte und bis zu den Fußknöcheln herabfiel. Ihr zart geschnittenes, schmales Gesicht war ungeschminkt, und sie trug keine Juwelen, außer einem Ring am rechten kleinen Finger, der mit einem glänzenden grünen Stein besetzt war. Ihre Anwesenheit erfüllte die Schatten mit Licht, so daß um sie herum die Dunkelheit zerstob wie Staub im Wind. Lautlos und weich glitt sie an die Seite des schlafenden Jungen. Sie balancierte einen Korb aus Flechtwerk auf ihrem Kopf.

Sie näherte sich dem Jungen mit einer Zärtlichkeit, die dem Wunsch entsprang, ihn zu segnen und vor Gefahr zu schützen. Sie schaute Hakim mit einem wissenden Blick an, so als ob sie etwas empfand, das weder er noch die Welt in diesem Augenblick spüren konnten. Ihre Augen füllten sich mit Tränen des Mitleids, die aber nicht auf den staubigen Boden fielen.

Sie wollte sich schon abwenden, hielt jedoch inne und griff in ihren Korb, um eine große grüne Mango herauszunehmen. Einen Augenblick lang hielt sie die Mango in der Hand, dann beugte sie sich still vor und legte sie neben den schlafenden Jungen auf die Erde. Nach einem letzten Blick auf seine kleine Gestalt trat sie aus den Schatten der Brücke und entschwand in den dichtbevölkerten Straßen.

❖

Während der stillen Stunden vor Anbruch der Morgendämmerung träumte Hakim, daß er ein König war und in einem herrlichen Palast unter dem strahlend blauen Himmel wohnte. Die schweren, eleganten Roben aus goldbestickten Stoffen flossen auf makellos reinen Marmorböden hinter ihm her. Er kam hinaus auf einen Innenhof, wo Tausende ihm zujubelten und sich ehrerbietig vor ihm verbeugten. Ihn unschwärmte eine Dienerschar, die ihm Weine und Fleischspeisen anbot. Die Diener wedelten Fächer, um ihn vor der Hitze zu schützen, damit seine Haut nie schwitzte.
Er schritt durch den Hof zu einem gewaltigen Raum mit hohen Decken und von aufsehenerregender Pracht. An den Wänden aus königlicher Eiche breiteten sich Gobelins. Plötzlich saß er am Ende eines langen Tisches und sah sich vor einem Festmahl mit gebratenen Hühnern. Zu seiner Seite boten Tänzer ihre Künste dar, die bei den zahlreichen, ihn plötzlich umgebenden Höflingen ein trunkenes Lachen auslösten.
An der Wand zu seiner Linken fiel sein Blick auf eine lange Reihe von Portraits. Es waren Könige mit goldenen Kronen, die mit strenger Miene auf ihn herunter-

schauten. Er betrachtete die Herrscher längs der Wand, bis er ein Gesicht erkannte, das seinem eigenen ähnelte. Er musterte es genau. Es war wirklich er selbst: in königlichen Gewändern, mit einem diamantbesetzten Zepter. Als er die nächste Leinwand betrachtete, trat aus ihrer leeren Oberfläche plötzlich ein Portrait hervor. Es war ein anderer König in herrschaftlichem Ornat. Das Lachen erstarb, Hakims Bewunderer wandten sich von ihm ab und ließen ihn allein.

Plötzlich befand er sich wieder auf dem Hof, inmitten der Menge, und trug das alte, verschlissene, braune Leinenhemd. Der neue König trat aus dem Marmorpalast und blickte in die Menge. Hakim war nicht mehr der Mittelpunkt; er trug nicht mehr die Zeichen königlicher Macht, die Beweisstücke von Reichtum und Bedeutung. Unverzüglich verfinsterte sich der blaue Himmel, und er war wieder ganz allein.

❖

Als Hakim erwachte, beschäftigte ihn nur ein Gedanke: *Ich muß den Weisen finden und die Geheimnisse des Wegs zur Macht erfahren.*

Es war ganz einfach. Wenn er den Weisen finden und seine Geheimnisse lernen könnte, so würde er an Reichtum und Achtung gewinnen, soviel er sich nur wünschte, und auf die Weise vielleicht auch das Glück finden, nach dem er sich sehnte.

Hakim glaubte von ganzem Herzen, daß diese Weisheit

ihm gehören sollte. Er hatte dieses einsame Dasein ohne Liebe lang genug erlitten. Es war so, als ob bisher durch ihn ein Leben gelebt, doch kaum wirklich erlebt worden wäre. Warum sollte er nicht auch die Art von Leben erfahren, wie es die Hotelgäste genossen oder die Schulkinder dank ihrer reichen Familien geerbt hatten? Und warum sollte übrigens der Meister einen alleinigen Anspruch auf die Macht haben, von der er sprach?

Beschlossene Sache also. Er würde die Stadt verlassen und nach dem Weisen suchen. Hakim erinnerte sich an das Gespräch zwischen dem Meister und Karun. Er stellte sich das gierige Grinsen und den funkelnden Blick vor, mit dem Karun zugehört hatte, als sein Vater davon sprach, daß er wahre Macht haben könnte. Hakim fand den Gedanken unerträglich, daß auch in seinem Innern der Same solcher Gier aufgehen könnte. Doch selbst wenn – so gemein und egoistisch wie Karun würde er niemals werden. Wenn er einmal die Geheimnisse des Weges zu Reichtum und Glück erfahren hätte, so würde er sein Wissen mit anderen Straßenwaisenkindern teilen. Dann wäre er im Besitz von etwas Wertvollem, das er den anderen weitergeben könnte.

In diesem Augenblick faßte Hakim den Entschluß, sein Versteck unter der Brücke, den einzigen Ort, den er, trotz allen Schmutzes, je als Zuhause empfunden hatte, zu verlassen. Weit weg von den Straßen dieser Stadt lebte ein weiser Mann, der sein Lebensschicksal ändern könnte.

5

Die Magie des Geistes

Hakim mußte an das Volksfest denken, das gerade in die Stadt eingezogen war. Er hatte ja mitgehört, wie der Meister Karun geraten hatte, dort nach dem Weisen zu suchen. Doch da mußte der Meister sich allerdings einen Scherz erlaubt haben. Andererseits war es aber so, daß alle Schausteller durch viele Städte und Dörfer in Indien gereist sein mußten, so daß ihm auf dem Volksfest möglicherweise doch jemand helfen könnte, den Weisen zu finden.

Hakim überquerte die übervollen Straßen, wand sich zwischen Scootern, Radfahrern und Fußgängern hindurch, bis er am Horizont schließlich ein violettes Riesenrad entdeckte. Der Anblick des Riesenrads weckte in Hakim Lust auf Vergnügen, doch der Gedanke an seine wichtige Aufgabe hielt ihn zurück.

Auf dem Kirmesgelände – es war früher ein Strand gewesen – standen grell bemalte Wohnwagen verstreut. Ein fröhliches Quietschen und Lachen von Kindern lockte Hakim zu einer Ansammlung von Leuten vor einem riesigen gelben Wohnwagen. Er spähte hinein und sah einen Zauberer, der einen wallenden blauen, mit Sternen und Halbmonden bestickten Rock

trug. Aus seinem Spitzhut floß langes, dichtes weißes Haar, das ihm über die Schultern herabfiel. Der lange weiße Bart verlieh seinem Gesicht ein Gehabe von Weisheit.
An den Wänden des Wohnwagens hingen Silbersterne und Blumenarrangements. Die Fenster waren mit schwarzen Tüchern verdeckt. Der Zauberer saß auf einem Hocker inmitten seines Brimboriums und führte die üblichen Kunststücke vor. Er zog Kaninchen aus Hüten und fand Münzen hinter den Ohren der Kinder. Es waren die jüngeren Kinder, die lauthals lachten. Einige ältere gingen beim Anblick der altbekannten Tricks davon. Den Zauberer schien es nicht zu kümmern. Ein kleiner Junge kam ganz dicht an ihn heran, er griff dem Jungen ans Ohr, zog die Hand mit geballter Faust wieder zurück und öffnete sie, um eine Silbermünze zu zeigen. »O je, o je, o je«, rief er in einem spielerisch warnenden Ton. »Wenn ihr mir zu nah kommt, müßt ihr extra zahlen.«
Die Kinder kicherten. Der Zauberer griff unter seinen Hocker und zog eine bunte Keramikmaske hervor. Sie war halb weiß, halb schwarz und hatte silberumrandete Augenschlitze und unter der scharfgemeißelten Nase rote Lippen aufgemalt.
»Eine von vielen Masken, eins von vielen Gesichtern.« Der Zauberer hielt sich die Maske vors Gesicht, dann warf er sie beiseite und hielt sich eine andere und wieder eine andere davor. »Wir tragen alle verschiedene Masken, alle andere Gesichter, doch darunter sind wir

immer das gleiche Wesen. Das ist wahre Magie!« Er grinste. Die Menge scharrte unruhig mit den Füßen, war nicht besonders beeindruckt. Der Zauberer, den das Mißfallen seines Publikums völlig unberührt ließ, lächelte freundlich, als er Hakim anschaute.

Dann sprach er seine jungen Zuschauer laut an und gab seine Routinevorführung schlagartig auf. »Der Sand zwischen euren Zehen ist ein angenehmes Gefühl. Kinder, bringt eure Eltern zum Strand. Und vergeßt nicht, die Schuhe auszuziehen.« Er drehte sich um und begann rasch, seine Sachen zu packen, während die Menge sich verwirrt auflöste.

Hakim näherte sich dem Zauberer.

»Entschuldigen Sie, Sir«, sagte Hakim höflich. »Ich hatte gehofft, daß Sie mir sagen könnten ... Also, ich suche nach einem alten Mann, man nennt ihn ›der Weise‹.«

»Ich heiß' Maloney, ich komm' aus Wales. Bin kein Ire, kein Schotte und bestimmt kein Engländer. Bin ein Waliser.«

»Sir, ich dachte, vielleicht, weil Sie ...«

Maloney fiel ihm ins Wort. »Manche halten mich für ein Sandwich ohne Picknick.« Er lächelte. »Vielleicht haben sie ja recht. Komm mit, vielleicht finden wir diesen Mann« – er hielt inne und musterte Hakim mit lächelndem Blick –, »diesen Weisen, nach dem du suchst.«

Hakim folgte dem Mann durch die Menschenmengen, bis sie schließlich ein weitläufiges gelbes Zelt erreichten. »Das wird wohl reichen«, murmelte Maloney vor sich hin. Sein Gesichtsausdruck war weich, seine Augen

aber strahlten hell und spiegelten die orange-violette Färbung des westlichen Himmels.
Weil Hakim den Mann zu diesem Zeitpunkt noch nicht verlassen wollte, folgte er ihm ins Zelt. Drinnen war es fast dunkel. Der Weg wurde von schwachen Lichtern erhellt, bis sie endlich zu einer Wand aus Kirmesspiegeln kamen.
»Ich bin gespannt, ob du herkommst, mein Sohn.« Maloney winkte ihn zu den Spiegeln. Er trat zurück, um auf einem Stuhl Platz zu nehmen, der von nirgendwoher erschien. Hakim nahm die Stille wahr, die sie plötzlich umfing. Er horchte angestrengt nach Geräuschen von der Kirmes, da war jedoch nichts zu hören. Er schaute sich um. Es war dämmrig, aber er vermochte einen großen, offenen Raum zu erkennen. Er überlegte, wie es möglich war, daß sie sich noch immer in dem Zelt befanden, in das sie eingetreten waren.
»Als wir hereinkamen, hast du geglaubt, daß dieses Zelt eine bestimmte Größe hat.« Maloney sprach aus, was Hakim dachte. »Raum und Zeit sind Täuschungen, mein Freund. Der Verstand ist ein Meisterzauberer. Spielt uns gern Streiche. Möcht uns wohl gern glauben machen, daß es eine Grenze gibt für unsere Träume, für unser Können. Da ist es kein Wunder, daß ich es schwerhabe, alle an die wahre Magie zu erinnern ...«
Maloney lachte in sich hinein und fuhr dann fort: »Uns umgibt nur Potential, mein Sohn. Reines Potential, das ist der Stoff, aus dem wir sind. Der Geist ist unendlich,

erstreckt sich weiter, als du denken kannst. Wenn du diese Wahrheit einmal erkannt hast, mein Sohn, gibt's nicht mehr viel zu lernen, 's ist alles hier.« Er klopfte Hakim mit den Fingern auf die Brust und lachte. »Also, das ist wahre Magie, ja?«

Maloney deutete auf Hakims Bild im Spiegel, auf ein gedrungenes, rundliches Zerrbild, das wenig mit der dürren Figur zu tun hatte, die er kannte. Es war nicht das erste Mal, daß Hakim sah, wie Spiegel Tricks mit seiner Reflexion spielten. Er war schon als sehr kleiner Junge auf Volksfesten gewesen, von einem Stand zum andern gehetzt, von einem Zelt zum nächsten gedrängt und wieder zum Waisenhaus zurückgehetzt worden.

»Bist *du* das? Ist *das* dort dein wirkliches Selbst?«

Hakim wandte sich um und sah den weißbärtigen Mann hinter sich stehen und kichern. »Also gut.« Er räusperte sich und zog die Augenbrauen hoch. »Und was ist mit dieser Gestalt, mein Sohn?«

Hakim schaute in den Spiegel. Das Bild, das ihm nun entgegenblickte, war groß und dürr.

»Ist das, was du jetzt siehst, etwa dein *Selbst*?« Maloney schien eine Antwort herausfordern zu wollen.

Hakim war besorgt. *Offenbar nicht. Das sind Kinderspiele,* dachte er.

»Ja, ja – und jetzt?« Die Stimme war erbarmungslos und zwang Hakim zu einem erneuten Blick in den Spiegel. »Ist das dein *Selbst*?« Ein ansteckendes, perlendes Lachen klang in seiner Stimme nach.

Hakim musterte das Spiegelbild. Gewiß, was er da nun

im Spiegel sah, das war er. Mit einem gründlichen Blick betrachtete er den Mund, die schmale Nase. Plötzlich wurde ihm klar, daß ihm das eigene Gesicht gar nicht so vertraut war.

»Jawohl, du bist vor Jahren einmal auf dieses Volksfest gekommen. Ich befand mich damals in Wales«, sagte die Stimme tröstend. »Aber ich frage mich, ob dies dasselbe Gesicht ist, das du damals sahst. Oder das gleiche Gesicht, das du sahst, als du zum ersten Mal in einen Spiegel schautest. Wessen Gesicht siehst du in deinen Träumen? Wessen Gesicht wirst du haben, wenn du alt und grau bist? Die Gesichter, die du trägst, sind wie Charaktere eines Theaterstücks, dein *Selbst* aber ist der Schöpfer all dieser Charaktere.«

Die Stimme klang besänftigend, als ob sie eine lange zurückliegende Erinnerung in Hakim berührte; und Hakim fühlte sich beunruhigt. »Jenseits dieser Welt der Täuschung gibt es einen Träumer, der den Traum träumt. Frag nicht, wen du siehst, weil du nur Masken siehst. Frag, wer das Sehen besorgt.

Du suchst nach jemandem, den du schon kennst, mein Junge. Du blickst nach außen, während der, den du suchst, innen ist.«

Schweigen. Die Sekunden schienen sich zu Stunden zu weiten. Als Hakim aufblickte, war der Spiegel verschwunden. Maloney war fort, und der Stuhl, auf dem er gesessen hatte, war ebenfalls weg. Hakim schaute sich um. Das Licht war noch immer dämmrig, der Raum jedoch absolut leer, ganz als ob sich da überhaupt nie etwas befunden hätte. Die Zeltwände wehten sanft in der Brise und wirbelten Staub auf, wenn sie den Boden streiften.

Hakim eilte aus dem Zelt hinaus. Maloney stand gelassen an einen Imbißstand gelehnt und aß ein Sandwich.

6

Saatkörner des Glücks

Hakim wollte Maloney gerade fragen, was da geschehen sei, als eine Kinderschar den Zauberer umringte und darum bat, er möge ihnen seine Kunststücke zeigen. Hakim dachte über seinen nächsten Schritt nach, als er einen alten Mann inmitten einer kleinen Menschengruppe bemerkte. Hakim ging näher heran, um zu hören, was der alte Mann sagte.
Könnte er der Weise sein, von dem der Meister gesprochen hat? fragte er sich. Der alte Mann war schlank, ausgedörrt, sein Körper machte den Eindruck von einem Klappmöbel, das zu einer ordentlichen Sitzposition aufgestellt worden war. Er hatte eine Glatze. Seine zerlumpten Kleider zeigten Schmutzflecke.
Die kleine braune, glasierte Schale, die er auf seinem Schoß hielt, war leer; der alte Mann suchte sie durch das Erzählen einer Geschichte zu füllen. Er räusperte sich kräftig und musterte prüfend die Runde seiner Zuhörer; er wollte die Geschichte offenbar genau auf sie zuschneiden. Als der alte Mann zu sprechen begann, richtete er seinen Blick auf Hakim.
»Dies ist eine Geschichte von zwei Bauern aus längst vergangener Zeit. Die beiden Bauern arbeiteten für

Indra, den König der Himmel, sie verstanden es als ihre Pflicht, Früchte und Getreide für sein Königreich zu erzeugen. Die Männer fanden sich reich gesegnet, unmittelbar für Indra tätig zu sein und wollten ihm gefallen.

Eines Tages ließ Indra die beiden Männer zu seinem Hof bestellen und erklärte ihnen: ›In einem Jahr werde ich eine große Versammlung einberufen. Da werden alle kommen, und ich werde von euch beiden die besten Ernteerzeugnisse benötigen. Konzentriert euch also bitte während des ganzen nächsten Jahres auf diese eine Aufgabe.‹

Beide Männer waren dankbar, zu Diensten stehen zu dürfen, und kehrten unverzüglich auf ihre Höfe zurück, um sich an die Arbeit zu machen.

Der erste Bauer riß bei seiner Ankunft daheim sämtliche alten Pflanzen aus dem Boden und setzte tausend neue Saatkörner. Er spannte seine Ochsen ins Joch und bewässerte die Felder mit tausend Eimern Wasser.

Der andere Bauer kehrte zu seinem Hof zurück, setzte eine Handvoll Samen auf dem kleinen Stück Boden gleich neben dem Haus, wässerte die Samen und dankte den Göttern für das Wachstum des Saatguts.

Die Zeit ging ins Land, und der erste Bauer begann sich um seine Pflanzen zu sorgen. Er kultivierte sie tagein, tagaus und trieb seine Ochsen viele Male aufs Feld, um es zusätzlich zu bewässern. Er verfolgte das Wachsen seiner Feldfrüchte, er kümmerte sich um das Gedeihen jedes einzelnen Setzlings. Er war von dem Gedanken

bewegt: *Wie konnte ich von Indra nur so gesegnet werden? Ich darf ihn nicht enttäuschen.* Er träumte nachts sogar oft von der Ernte; er träumte vom Mißerfolg. Sein Herz litt vor Angst; wenn er schweißgebadet in der Mitte der Nacht aufwachte, ermahnte er sich: *Ich brauche keine Angst zu haben, ich werde mich noch mehr anstrengen.* Doch die Angst lauerte weiterhin in seinem Herzen.
Der andere Bauer setzte die Arbeit auf seine eigene Weise fort. Morgen für Morgen trat er aus der Tür seines Hauses und goß ein wenig Wasser auf das kleine Stück Feld. Manch einer mag nun diesen Kerl komisch finden, doch er sprach mit seinen Pflanzen, er war freundlich zu ihnen, und abends sang er ihnen sogar ein Lied. Mit dankerfülltem Herzen sagte er ihnen abends Gute Nacht und schlief ruhig und in Frieden voller Zuversicht, daß seine Pflanzen gedeihen würden.
Als schließlich ein Jahr verstrichen war, bestellte Indra die beiden Bauern zu sich an den Hof. Die beiden Männer standen vor ihm, und er wandte sich an sie mit den Worten: ›Morgen beginnt meine Versammlung. Was habt ihr vorbereitet?‹
Der erste Bauer begann zitternd: ›Ich habe nichts zu bringen, Eure Hoheit.‹ Er war den Tränen nahe und verzehrt von Schuld und Furcht. ›Ich habe mich angestrengt. Ich habe meine Pflanzen nicht einen einzigen Tag alleingelassen und kann deshalb gar nicht verstehen, warum es mir nicht gelungen ist, etwas zu erzeugen. Bitte vergebt mir‹, flehte er.
Indra wandte sich dem zweiten Bauern zu. ›Und du?‹

›Schont meinen Bruder, Hoheit. Ich habe eine reichliche Ernte. Ich werde ihm die Hälfte abgeben, so daß wir beide in der Lage sind, Euch in Hülle und Fülle zu bedienen.‹
Indra musterte die beiden Männer. ›Ich bin neugierig und verwirrt zugleich. Wie kann es bei der Ernte meiner zwei besten einen so großen Unterschied geben? Wie seid ihr eurer Aufgabe nachgegangen?‹
Der erste Bauer erzählte seine Geschichte: ›Am ersten Tag habe ich die Äcker gepflügt, eintausend Samen gepflanzt und sie gewässert. Ich habe meine Felder täglich beobachtet und nach Zeichen des Wachstums gesucht. Ich weiß nicht warum, aber die Samen sind nicht aufgegangen und gewachsen.‹
Indra schaute den zweiten Bauern an, der daraufhin seine Geschichte erzählte: ›Am ersten Tag habe ich eine Handvoll Samen gesät. Ich habe für sie gesorgt, so wie ich für all meine Kinder sorge –‹
›Und wie sorgst du für sie?‹ unterbrach ihn Indra.
Der Bauer erzählte weiter. ›Ich habe sie mit Liebe und Zuneigung aufgezogen. Ich habe sie mit der Nahrung versorgt, die sie brauchen, und sie dann in Ruhe gelassen.‹
Der erste Bauer wandte sich zum anderen: ›Warum hast du deinen Garten sich selbst überlassen?‹
Und der zweite Mann antwortete dem ersten. ›Damit Mutter Natur ihr Teil tun konnte‹, sagte er. ›Eltern können nicht jeden Augenblick bei ihren Kindern sein oder sie jeden Moment im Auge behalten, um sicherzustellen,

daß sie erwachsen werden. Es liegt in der Natur des Lebens zu wachsen – zu gedeihen und um sich zu greifen. Es liegt in der Natur der Pflanzen zu gedeihen, wenn sie die rechten Wachstumsbedingungen erhalten. Ich habe meinen Pflanzen gegeben, was sie brauchten, und Mutter Natur vertraut, daß sie das übrige besorgen würde. Sie wird uns immer unterstützen, wenn wir Vertrauen haben, daß sie es tut.‹

›Aber ich habe eintausend Samen gesät und du nur eine Handvoll. Wie kann das angehen?‹ sagte der erste Bauer. Und Indra fügte hinzu: ›Hattest du keine Angst, daß deine Handvoll Samen nicht ausreichen könnte?‹

›Ich habe mich sehr lange mit Ackerbau befaßt‹, erwiderte der zweite Bauer. ›Mein Großvater war Bauer, und mein Papa ist es vor mir gewesen. Ich habe verstanden, daß jedes Samenkorn das Potential unendlicher Fülle in sich birgt. Wenn eine Pflanze gedeiht und Frucht bringt, so bilden deren Samen den Grundstock für weitere Pflanzen, die Frucht bringen. Jede Pflanze hat mehr Samen, als für die Erhaltung der Art erforderlich sind, und enthält somit eine unendliche Fülle. Als ich meine Samen säte, habe ich erwartet, eine Fülle zu ernten. Ich habe ihnen dafür gedankt, daß sie ihre Fülle weitergaben und miteinander teilten, weil ich wußte, daß ich unendlich viel mehr aufzog.‹

›Als ich feststellte, daß meine Pflanzen nicht wuchsen, habe ich mir in meiner Sorge noch viel mehr Mühe gegeben!‹ rief der erste Bauer. ›Hattest du denn nie Angst, daß deine Pflanzen nicht gedeihen würden?‹

Daraufhin erwiderte der zweite Bauer: ›Ich wußte, daß Angst dem Wachstum meiner Pflanzen nichts nützen könnte. Die Angst führt nur dazu, daß wir erreichen, was wir fürchten. In diesem Wissen habe ich es vorgezogen, in meinem Herzen Liebe zu pflanzen und sie zu pflegen mit Dankbarkeit. Liebe verjagt Angst; Dankbarkeit hält Liebe am Leben. Wo es Liebe gibt, ist für Angst kein Platz. Ich kann Euch, Indra, nicht gut dienen, wenn ich kein glücklicher Mensch bin.‹

Der erste Bauer sagte: ›Nun verstehe ich, daß ich die Ängste auf mich gebracht habe, weil ich ihnen zuviel Aufmerksamkeit schenkte.‹ Er schaute zu Indra hoch. ›Was ist meine Strafe dafür, da ich Euch enttäuscht habe?‹

Indra schaute auf den Mann herab. ›Ich glaube, du hast genug gelitten mit der Sorge des vergangenen Jahres, mit der Furcht vor den kommenden Tagen und nun mit dem Schuldgefühl für die zurückliegende Zeit. Hier ist ein weiterer Same gegeben, ein Same der Gelegenheit zu lernen und es in Zukunft besser zu machen. Ihr seid beide zur Teilnahme an der morgigen Versammlung eingeladen.‹«

Der alte Erzähler hielt inne. Einige seiner Zuhörer hatten schon Münzen und kleine Geldscheine in seine Schale fallen lassen; nun folgten andere. Die Zuhörer waren selbst arm, doch sie hatten den Kreislauf des Gebens verstanden: Geben bewirkt Empfangen.

Hakim vergrub die Hände in den Taschen. Er wußte, daß er nichts besaß, er konnte dem alten Mann nichts geben, und er dachte daran wegzuflitzen, blieb jedoch stehen, weil er wußte, daß sein Schuldgefühl ihn verfolgen würde.

Der alte Mann sprach Hakim an. »Komm her, setz dich.«

Hakim schaute sich um, um sich zu vergewissern, daß der Geschichtenerzähler wirklich ihn meinte. Die meisten Zuschauer gingen bereits fort. Auch Maloney war verschwunden, aber das beunruhigte Hakim wenig. Er war fest davon überzeugt, daß der Zauberer wieder auftauchen würde, wenn die Zeit dafür gekommen war.

Hakim ging zu dem alten Mann hinüber und nahm neben ihm Platz. »Du brauchst kein Geld, um zu geben«, sagte der alte Mann.

Hakim betrachtete den Mann mit prüfendem Blick. »Aber ich habe nichts, was ich dir sonst schenken könnte.« Und in der Hoffnung, doch noch etwas zu entdekken, steckte er die Hände ganz tief in die Taschen.

»Kind«, antwortete der alte Mann, »du solltest nicht in den Taschen nach einem Geschenk für mich suchen. Such in deinem Herzen. Es gibt eine besondere Gabe, die nur von dir kommen kann. Und so wie ich hier bin, um meine Geschichten zu erzählen, bist du nun hier, um deine besondere Gabe zu teilen.«

»Ich weiß nicht, was mein ist«, sagte Hakim aufrichtig.

»Dann such in deinem Herzen, Kind, und wenn dort Stille herrscht, so bist du auf dem Weg und vom Glück gesegnet.«

Die letzten Worte ließen Hakim aufhorchen. *Auf dem Weg wohin? Zu wem?* Er begann nachzudenken.

»Stille ist der Schoß der Schöpfung, Kind. Sie liegt in dem Reich des Schweigens zwischen allem Tun.«

Hakim unterbrach ihn. »Ich verstehe nicht. Wie kann ich etwas schaffen, wenn ich schweige?«

Der alte Mann antwortete: »Wenn du still bist, kannst du das Pochen deines eigenen Herzschlags hören. Ist das etwa nicht so?«

Hakim nickte, als der alte Mann fortfuhr. »Und wenn du still bleibst und deine Ohren zuhältst, kannst du sogar den Laut deines Herzens hören. Was aber noch wichtiger ist – auf die Führung des Herzens zu hören. Wenn wir immer nur aktiv sind, wenn wir ständig auf das Geräusch der Außenwelt achten, vergessen wir, daß unser Herz uns führt, wenn wir ihm nur zuhören möchten. Wir vergessen, wo der Quell unserer Kreativität entspringt – in der Stille.«

Hakim war wie gebannt von den Worten des Geschichtenerzählers und sagte sich: *Er ist sehr weise.*

»Die Stille begründet eine Beziehung zum eigenen Herzen, und jedes Herz ist verbunden mit dem Herzen der Menschheit, mit der universalen Weisheit. Deshalb sage ich, daß du vom Glück gesegnet bist, wenn in deinem Herz Stille herrscht. In der Stille kannst du auf dein Herz hören, und wenn du auf dein Herz hörst, wirst du erfahren, was du an dieser Stelle hier geben mußt.«

Hakim nickte langsam. Er begriff die Worte des alten Mannes nicht völlig, spürte jedoch, daß in seinen Worten Wahrheit lag.

Plötzlich befand sich Maloney wieder an Hakims Seite.

»Wollen wir jetzt nicht gehen? Wir sollten uns noch eine andere Schau ansehen.«
Hakim blickte zu Maloney hoch, dann drehte er sich um, weil er dem Geschichtenerzähler danken wollte, doch der alte Mann tauchte bereits in der Menschenmenge des Volksfestes unter. Hakims Blick folgte ihm noch einen Moment, dann erhob er sich und ging mit Maloney davon.
Auf dem Weg durch das Gedränge des Volksfestes sagte der Zauberer plötzlich: »Wenn wir unsere Rolle in der Symphonie der Natur erkennen, vermögen wir mit dem Lied der Natur in Harmonie zu leben.« Er warf Hakim, der hinter ihm ging, einen Blick zu.
»Es sind da unendlich viele Kräfte am Werk – für uns, aber auch gegen uns, leider. Nur wenn wir diese Kräfte begreifen, können wir unser Schicksal selbst beherrschen.« Er schenkte Hakim ein Lächeln. »Komm, ich werde es dir zeigen.«

7

Schicksalsvorhersage

Als Maloney mit Hakim das Zelt der jungen asiatischen Frau betrat, fing sie sein Zwinkern auf. Sie war schlank und blaß. Hakim faszinierten ihre kleinen Hände, die auf einer schwarzen Decke über einem Tisch ruhten. Am kleinen Finger der rechten Hand funkelte ein grüner Edelstein, dessen Glanz von ihren schwarzen Augen, die unter dünnen Brauen leuchteten, reflektiert wurde. Das lange schwarze Haar floß ihr auf die Schultern herab und weiter über den schmalen Rücken. Sie erwiderte Maloneys Zwinkern mit einem kurzen Zwinkern ihrerseits und einem freundlichen Blick auf den Jungen. Dann wandte sie ihre Aufmerksamkeit der jungen Frau zu, die vor ihr saß.

»Ich heiße Lamia. Ich bin keine Hellseherin und Sternenleserin. Ich lese nur aus den Karten, die du wählst. Ich erkläre die nicht-materiellen Dinge, die die inneren Wege des Universums beherrschen. Die Karten, die du aus dem Tarock auswählst, sind Wegweiser zu den verborgenen Elementen, die den Verlauf deines Lebens bestimmen. Sie erzählen eine Geschichte von Hindernissen, die überwunden, und von Lektionen, die gelernt werden müssen.«

Sie bewegte die Hände über der leeren Tischdecke. Als sie sie zurückzog, lag ein Satz königsblauer Spielkarten auf dem Tisch ausgebreitet. Der ihr gegenüber sitzenden Frau verschlug es die Sprache. Hakim schaute aufmerksam zu; er war von der geheimnisvollen Frau fasziniert.
»Wähle deinen Zauber.« Die Worte galten der Frau ihr gegenüber. »Du hast die Wahl, und mit dieser Wahl bestimmst du dein Schicksal. Zieh dir sechs Karten aus dem Stapel.«
Die erste Karte zog die Frau ohne zu zögern aus der Mitte des Packens, bei jeder weiteren Wahl aber wurde das Zögern länger. Lamia nahm die Karten der Frau an sich und legte die oberen drei in eine Reihe, dann zwei darunter und eine letzte schließlich zuunterst. Sie prüfte die Karten kurz, dann heftete sie die Augen auf Hakim, als ob sie ihm mit diesem Blick etwas vorschlagen wollte.
»Was möchtest du gerne wissen?« fragte Lamia die Frau ihr gegenüber.
Die Frau antwortete mit unterdrückter Stimme. »Mein Mann ist Bauer, ich habe drei kleine Kinder, und damit es uns gutgeht, sind wir dieses Jahr auf eine ordentliche Ernte angewiesen. Ich bin vom Lande hergereist, um zu erfahren, ob es anders kommen wird ...«
Lamia flüsterte zurück: »Laß mich schauen.« Sie sah die obere Reihe: Einsiedler, Kaiser, Teufel. »Die oberste Reihe enthüllt die gegenwärtige Situation.« Sie betrachtete die erste Karte.
Hakim kam näher und hörte genau hin, weil er hoffte, daß die Karten auch für ihn eine Bedeutung haben

könnten. Vielleicht würden sie ihn ja auf seiner Reise zu dem Weisen führen.

»Der Einsiedler bedeutet Einsamkeit und Abstand vom Treiben der materiellen Welt, eine Periode stiller Reflexion. Wenn du das, was du suchst, nicht in dir findest, wirst du es in der Außenwelt niemals finden.« Während sie weitersprach, wurde ihr Gesicht ernst. »Der Einsiedler ist der stille Suchende. In der Einsamkeit findet der Einsiedler vieles, ein Universum. Sei klug und vorsichtig. Da gibt es Hindernisse, sogar Feinde« – sie sah die Frau an –, »möglicherweise andere Bauern. Vor einem Neubeginn muß man noch einmal überprüfen, was man gelernt hat.«

Sie kniff die Augen zusammen, als sie die Karten musterte, dann nahm sie die ihr gegenüber sitzende Frau voll ins Visier. »Dein Mann hat vielleicht bereits die Samen gesät, so daß sie gedeihen können.« Die Frau nickte zustimmend. Lamia nickte ebenfalls. »Das ist schon einmal gut.«

Lamia betrachtete die zweite Karte: Kaiser. »Der Weg weltlicher Macht erfordert Disziplin. Wenn die Disziplin wirklich befolgt wird, führt sie zur Beherrschung jeder Fähigkeit, die du anstreben magst.« Sie hielt inne und musterte die Frau des Bauern erneut. »Dein Mann muß bei der Arbeit in seiner Landwirtschaft geduldig und diszipliniert vorgehen, wenn er Erfolg haben will.« Die Frau gab durch ein Kopfnicken zu erkennen, daß sie verstanden hatte.

Lamia las die dritte und letzte Karte der oberen Reihe:

Teufel. Bei der Nennung seines Namens erschauerte die Frau. Hakim scharrte nervös mit den Füßen.

»Der Teufel repräsentiert den Impuls, unsere Träume aufzugeben und unser wahres Wesen zu vergessen. Manchmal tauschen wir das Geheimnisvolle und Ehrgeizige gegen das Funktionelle und Pragmatische ein. Das ist die Verführung durch den Teufel. Der Teufel versucht, uns fernzuhalten von den Höhen, die wir zu erreichen vermögen.«

Sie schaute wieder die Frau an. »Vielleicht sollte dein Mann sich vornehmen, die größte Ernte zu erzielen, die er je geschafft hat.« Die Frau schenkte Lamia ein betroffenes, aber demütiges Lächeln.

»Die zweite Reihe Karten enthüllt, was bevorsteht.« Lamia sprach leise. Hakim las die Karten: Streitwagen und Sonne.

»Der Streitwagen bedeutet eine Reise. Eine Reise vollendet oft einen Kreis, er bringt uns wieder zum Anfang zurück. Daß man dort endet, wo man begonnen hat, läßt jedoch keineswegs auf einen Mangel an Bewegung schließen. Die Bewegung findet im Inneren statt.«

Lamias Stimme nahm einen besorgten Tonfall an. »Der Wagen könnte dich auf eine Probe stellen und dich durch Abschnitte großen Durcheinanders führen. Jede wichtige Evolution erregt die Aufmerksamkeit des Bösen. Sei auf der Hut.« Sie fixierte die Bäuerin. »Bei seinem Streben nach Wohlstand könnte dein Mann die Aufmerksamkeit anderer wecken. In jeder Ecke lauert Versuchung. Macht verlockt stets zu Mißbrauch, man muß stark und fest bleiben. Der rechte Gebrauch der Macht bringt dir, was du begehrst.« Da zeigte sich auf dem Gesicht der Bäuerin wieder ein Lächeln.

Reise, Wohlstand, Macht, Versuchung – die Worte klangen in Hakims Kopf nach. Er dachte an die Reise, die er vor sich hatte, an die eigene, eben begonnene Suche nach den Geheimnissen zur Erlangung von Macht. *Macht verlockt immer zu Mißbrauch* – der Meister hatte seine Macht bestimmt mißbraucht, aber Hakim vermochte nicht zu erkennen, inwiefern ihm das geschadet haben sollte. Hatte der Meister denn nicht alles, was er begehrte?

Lamias und Hakims Blicke kreuzten sich. Lamias Stimme verriet Besorgnis. »Es gibt Menschen, die versuchen werden, dein Herz aus eigennützigen Gründen zu beeinflussen. Du solltest aber nie vergessen, daß es da einen gibt, der dich immer schützen und führen wird. Einer, der dir helfen wird, die richtige Wahl zu treffen.« Sie machte eine Pause, um ihre Worte wirken zu lassen, bevor sie fortfuhr. »Die Sonnenkarte begrüßt deine Evolution. Die Sonne steht für Heilung und Licht. Die Reise, auf der du dich befindest, ist eine Reise der Heilung. Genauso wie Jünger auf Pilgerfahrt gehen, um ihre Götter zu suchen, so muß deine Seele sich bemühen, Licht zu finden. Das besagt die Sonnenkarte. Deinem Ehemann stehen vielversprechende Ernteerträge bevor, wenn der Anbau sorgsam gepflegt wird. Die Sonne verspricht Gesundheit und Reichtum auf allen Ebenen.«

Beim Lesen der letzten Karte zeigte Lamia ein leichtes

Lächeln: Universum. »Dies ist eine ganz besonders gute Karte für dich.« Die Bäuerin kicherte bescheiden. »Dies ist das Schicksal, das du dir ausgesucht hast«, sagte Lamia, die verstohlen zu Hakim und Maloney hinüberschaute. »Die Karte des Universums deutet auf das Ergebnis deiner Reise – daß dir alles zur Verfügung steht.« Lamia schwieg einen Moment, bevor sie weitersprach. »Das Universum bedeutet Vereinigung, die Einheit von individuellem und universalem Ziel. Wenn das einzelne Selbst sich mit dem universalen Selbst in Übereinstimmung befindet, ist das natürliche Ergebnis allen Handelns der Erfolg. Das bedeutet« – sie wandte sich der Bäuerin zu – »sehr gute Ernten.«

Die Bäuerin seufzte sichtlich erleichtert auf und sammelte ihre Sachen zusammen, als sie sich von ihrem Stuhl erhob. »Ich danke euch … ach, ich danke euch. Mein Mann wird ja so glücklich sein.« Sie lief aus dem Zelt. Lamia schaute ihr nicht nach; statt dessen ruhte ihr Blick auf Hakim, der neben dem Eingang stand.

Hakim stellte plötzlich fest, daß er von der geheimnisvollen Frau wie versteinert war. Er spürte, wie sein Gesicht unter ihrem Blick rot anlief.

»Komm.« Maloneys Hand drehte Hakim an der Schulter herum und führte ihn aus dem Zelt. Das Volksfest wurde allmählich leiser. Der Himmel war blauschwarz geworden, und das Schlagen der Wellen wurde lauter, als sie auf das Meer zugingen. »Das verrückte Leben eines walisischen Kirmesschaustellers kommt nie zur Ruhe. Ich reise morgen weiter«, sagte Maloney freundlich.

»Und was soll ich nun tun?« fragte Hakim.
»Hör auf dein Herz, und du wirst erfahren, was du zu tun hast. Was du tust, hängt davon ab, wer du bist.« Er deutete lächelnd auf Hakims Herz. »Es bringt viel Weisheit, auf dein Herz zu hören, und viel Freude zu begreifen, wer du bist.
Bleib still, Hakim, dann wirst du verstehen, daß du ein Instrument in der Symphonie des Universums bist. Tritt ein in die Harmonie, indem du die innere Ruhe findest, und du wirst spüren, wie die Macht der Natur sich durch dich bewegt. Sie wird dich immer führen.«
Hakim schaute aufs Meer hinaus, auf den weißen Schaum der Wellen, die gegen den Strand brandeten. Als er sich wieder umdrehte, war Maloney fort – was Hakim merkwürdigerweise gar nicht sonderlich wunderte. Er war auf einmal ganz erschöpft und konnte an nichts anderes mehr denken als einen Platz zu finden, wo er schlafen könnte. Er entschied sich für einen großen, trockenen Felsen, rollte sich auf der glatten Oberfläche zusammen und fiel in einen schweren Schlaf.
Lamia kam aus ihrem Zelt und blickte zu dem Strandstreifen hinüber, wo Hakim schlief. In ihrem Blick lag Zuneigung und Wärme; sie hielt sechs Spielkarten in den Händen. Sie betrachtete sie mit besorgtem Ausdruck, dann drehte sie eine Karte um – Streitwagen. Sie drehte noch eine um – Universum. Die Wahrsagerin warf einen letzten Blick auf den schlafenden Jungen, steckte die Karten in die Tasche und kehrte zurück in ihr Zelt.

❖

Stille füllte die kühle Nacht, als dort, wo eben noch Lamia gestanden hatte, plötzlich der Schatten einer Gestalt erschien. Aus der Gruppe der Arbeiter, die das Volksfest abräumten und das Gelände säuberten, löste sich ein hochgewachsener Mann. Er kam aus der Dunkelheit, als ob er selbst aus Dunkelheit bestünde, mit leuchtenden Augen, die wie Juwelen funkelten.

Der Meister strahlte wie ein Kind in einem Süßwarenladen. Am Abend zuvor hatte er sich mit frischer Tatkraft zur Ruhe begeben. Die Energie der Erregung, die in seinem Speisesaal spürbar gewesen war, hatte den Weg zu ihm gefunden. Beim morgendlichen Erwachen hatte er sich für eine Spritztour zum Volksfest entschieden. Und es war genauso, wie er es erwartet hatte; es hatte sich etwas Bemerkenswertes ereignet: Eins von seinen Kindern, der unverschämte Junge vom Markt, hatte sich auf die Reise gemacht, um die Geheimnisse des Weisen zu finden.

Der Meister lachte über Hakims jugendliche Naivität still vor sich hin. Andererseits war er jedoch von Hakims Entschlossenheit zum Erfolg beeindruckt. Er hatte den Eindruck, daß Hakim echtes Potential besaß, das lediglich geformt und gelenkt zu werden brauchte. Die Vorstellung, den Jungen zurückzugewinnen und für seine eigenen Zwecke zu gebrauchen, erregte den Meister immer mehr. Er brauchte jemanden zum Einsammeln des Geldes von den Leuten auf der Straße, die für ihn

arbeiteten – jemanden, der gewitzt und der Straße gewachsen, der ehrgeizig und erfolgshungrig war.
Für Hakim selbst könnte es nur ein Glück sein, ihn als Mentor zu haben. Welches obdachlose Kind würde sich nicht durch das Versprechen von Luxus, Reichtum und Macht über andere locken lassen? Es mußte eine süße Versuchung sein für einen, der so wenig hatte. Doch, sagte sich der Meister, das war eine Chance, die Herrschaft über einen weiteren Jungen zu gewinnen.
Der Meister blieb stehen und nickte; er empfand ein Gefühl von Genugtuung über die getroffene Wahl. Sein Blick spähte durch das Dunkel bis zu der Stelle, wo Hakim in sich zusammengerollt schlief. Langsam schritt der Meister auf die Felsen zu; außer verstreutem Sand ließ er keine Spuren hinter sich zurück.

8

Liebesgabe

Als Hakim aufwachte, hörte er das beruhigende Geräusch der Wellen, die am Strand aufliefen. Er schaute über den Strand hinweg zum Gelände des Volksfestes, wo nur wenige feste Gebäude standen; wie stille, verlassene Ruinen einer aufgegebenen Stadt wirkten sie auf ihn. In der schwachen Brise trieben ein paar bunte Luftschlangen und Luftballons. Alles übrige war abgebaut und in Wohnwagen weggepackt, die bereits in die Ferne zogen.

Hakim richtete den Blick zum Himmel, wo der Übergang von Nacht zu Tag am Horizont spielte. Ganz als ob es die Welt, der es bald Wärme bringen würde, im voraus schmücken wollte, lugte das heraufdämmernde Licht über den Horizont und kolorierte den Morgenhimmel.

Mehr als alle anderen Tageszeiten liebte Hakim die Morgenröte. Der Mond, der kaum noch leuchtete, versank schnell. Die süße Frische des Jasmins mischte sich in die salzige Meeresbrise. Von ein paar Möwen abgesehen war Hakim am Strand allein. Als er vom Felsen sprang, glaubte er jedoch den Nachhall einer männlichen Stimme zu hören: *Ich werde dich im Auge behalten.*

Hakim drehte sich blitzschnell um. Es war niemand da. Ein unheimlicher Schauer kroch ihm über die Haut. *Das war seltsam,* sagte er sich. Er ließ seinen Blick noch einmal über den Strand schweifen und machte sich dann auf den Weg zur Straße.

Gar nicht weit entfernt bemerkte Hakim Fußabdrücke, die zum Meer führten, dorthin, wo neben einem Haufen Netze und Eimern ein Fischer stand. Als Hakim weiterging, drehte der Mann den Kopf herum; seine Züge waren genauso dunkel wie das Haar, das unter seinem Hut hervorquoll, und an der einen Gesichtshälfte klebte ein schwarzer Leberfleck, der Hakim jedoch nicht auffiel, weil er sich zu schnell bewegte. Hakim hastete auf die Straße mit ihrem frühmorgendlichen Verkehr und war froh, sich inmitten von Menschen zu befinden.

Auf seinem Weg durch die Marktgassen blieb er kurz stehen und schnappte sich etwas Nahrung, um seinen grenzenlosen Hunger zu stillen. Weil er nicht wußte, wohin er seine Schritte als nächstes lenken sollte, trieb es ihn zurück zu altvertrautem Terrain. Er kreuzte enge Gassen und Nebenwege am Rand des reichen Teils der Großstadt und blickte im Vorübergehen neiderfüllt auf die Häuser.

Plötzlich wurde Hakim durch Brandgeruch aus seiner Gedankenverlorenheit gerissen. Er hob den Kopf, sah schwarze Rauchschwaden zum Himmel aufsteigen und drängte sich daraufhin durch den Morgenverkehr zu den Toren, die zum Krematorium führten. Hakim war jedesmal von neuem überrascht, daß seine Angst vor dem Tod verschwand, wenn er von ihm profitieren konnte. Er hatte entdeckt, daß die Leute sehr viel mildtätiger wurden, wenn sie einen geliebten Menschen verloren hatten. Wenn er einen Trauerzug oder Angehörige sah, die sich auf dem Einäscherungsgelände versammelt hatten, setzte er jedesmal eine Trauermiene auf, um die Sympathie der trauernden Hinterbliebenen zu wecken. Hakim traf in dem Augenblick ein, als der Scheiterhaufen ganz von Feuer und Rauch eingehüllt war. Ein Hinterbliebener wurde von seiner Trauer übermannt; es war ein Bild, das Hakim schon oft gesehen hatte. Um die zu Boden gesunkene Gestalt bildete sich eine kleine Gruppe. Hakim stellte sich in den Schatten eines Banyanbaums; von hier konnte er alles genau beobachten, ohne selbst gesehen zu werden. Hakim war erleichtert, wieder auf vertrautem Grund und Boden zu sein. Obwohl er nur einen Tag fortgewesen war, kam es ihm so vor, als ob er eine lange, beschwerliche Reise zurückgelegt hätte.

❖

Aus dem Holzhaufen stieg schwarzer Rauch. Das Feuer knisterte, zischte und breitete sich aus, bis alle Zweige zu einem einzigen prasselnden, orangeroten Schein wurden. Ein kleines Mädchen stand in der Nähe des Feuers und reckte den Hals, um die hochflackernden Flammen zu beobachten. Sie war ganz in Weiß gekleidet und klammerte sich an die Mutter, die tränenerfüllt und schweigend neben ihr stand.

Das Feuer erreichte einen grell aufglühenden Höhepunkt; es begann feurige Funkenstöße auszuspucken. Mutter und Tochter traten ein paar Schritte zurück. Die Augen der Mutter waren geschwollen vor Traurigkeit. Das kleine Mädchen beugte sich vor, so als wollte sie schauen, ob vielleicht von ihrem Vater noch irgendein Rest im Feuer geblieben wäre.
»Meena, steh still!« Der übergewichtige Onkel zog sie zurück. »Jetzt ist nicht die Zeit zu spielen.« Das Gesicht des Mannes war streng. Er warf ihr einen raschen, autoritären Blick zu und richtete sich wieder auf, um den Flammen zuzuschauen.
Meena fragte sich, warum alle so traurig waren. Sie musterte den kleinen Kreis der versammelten Menschen; jedes Gesicht wirkte ernst und feierlich. Ihre Tanten und Onkel, selbst der heilige Mann an der Spitze des Scheiterhaufens schwiegen vor Leid.
Meena fragte sich, was mit ihrem Papa geschehen war. Sie verstand, daß sich da etwas geändert hatte, daß ihr Papa nicht mehr bei ihnen weilte. Er war unter diesem brennenden Haufen – soviel war ihr klar. Sie wußte, daß Papa in ein weißes Tuch eingewickelt und ringsum mit Blumen gesäumt worden war und daß sein Schlummer länger dauern würde als das Mittagsnickerchen, das er so oft mit ihr zusammen gehalten hatte, um der Hitze zu entgehen.
Sie blickte zu ihrer älteren Schwester hinüber. Devi mußte doch wissen, was da vorging. Meena hatte versucht, ihr während des Trauerzuges vorher ein paar

Worte zuzuflüstern, doch waren ihre Fragen nur mit strengen Befehlen beantwortet worden, still zu sein. »Ich erkläre dir's später, Meena. Sei still ... und weine!« hatte die Schwester sie angewiesen.
Meena erschrak, als die Mutter ihre kleine Hand plötzlich fester umklammerte, einen gellenden Klageschrei ausstieß und dann in die Knie ging. Die Tanten und Onkel des kleinen Mädchens stürzten herbei, um die hingesunkene Mutter zu stützen. Da füllten Meenas Augen sich auf einmal mit Angst und Schmerz.
»Meena, komm her«, befahl Devi ihrer kleinen Schwester. Sie ergriff ihre Hand und zog sie fort.
Der Scheiterhaufen brannte nicht mehr; es blieben nur noch Funken, die auf den verkohlten Ästen tanzten. Eine schlanke Frau kam mit einem Besen in der Hand und beobachtete für einen Augenblick die Szene, bevor sie die Asche am Fuß des verglühenden Feuers zusammenkehrte. Aus den Augenwinkeln bemerkte sie zwei kleine Mädchen, die sich zum Rande des Geländes auf einen kleinen Banyanbaum zubewegten. In den Zweigen des Baumes raschelte ein sanfter Wind; sie boten einen Schattenbaldachin gegen die wachsende Hitze. Am Fuß des Baumes saß schweigend – wartend – ein kleiner Junge.

❖

Hakim schaute zu, wie die beiden in Weiß gekleideten, händchenhaltenden Mädchen auf den Baum zukamen, unter dem er saß. Er hatte hier schon oft Kinder gesehen, die von ihren Lieben Abschied nahmen, und Hakim beneidete sie, weil er nie Gelegenheit gehabt hatte, seinen Eltern Lebewohl zu sagen. Er hatte nie den Verlust eines geliebten Menschen erlebt, so wie er auch nie geliebt worden war.

Hakim behielt die beiden Mädchen im Blick. Er versuchte, sich darüber klarzuwerden, wer sie waren und wie alt sie waren. Die eine hatte ungefähr sein Alter, die andere war jünger und vielleicht vier oder fünf Jahre alt. Als sie Hakim im tiefen Schatten des Baumes bemerkten, blieben sie stehen. Er ertappte sich dabei, daß er das ältere Mädchen anstarrte. Sie lächelte und kam ihm mit der jüngeren an der Hand weiter entgegen.

»Dürfen wir uns zu dir setzen?« fragte sie. Hakim rutschte zur Seite, so daß die beiden Mädchen neben ihm im Schatten Platz hatten.

Die drei Kinder blieben eine Weile still und beobachteten die Familie beim Trösten der schmerzerfüllten Witwe. Das ältere Mädchen legte eine tröstende Hand auf das Bein der Schwester. Hakim senkte den Kopf und schaute auf den Boden. Er wußte nicht so recht, was er sagen sollte, und mied deshalb den Blick des älteren Mädchens.

Das Schweigen wurde schließlich von dem jüngeren Mädchen unterbrochen. »Wo ist Papa hingegangen, Devi? Was ist mit ihm geschehen?«

Das ältere Mädchen hielt den Blick auf das verlöschende Feuer gerichtet. Es gab ein geschäftiges Treiben um ihre Mutter; ansonsten bewegte sich dort nur eine einzelne Frau, die vor dem Scheiterhaufen die Asche kehrte. Plötzlich drehte diese Frau sich herum, so als ob sie Devis Blick suchte. Im gleichen Moment hob Hakim den Kopf und sah einen Lichtstrahl, der von der Hand der Frau aufblitzte. Sie trug irgendeinen grünen Edelstein, der zu ihrer Kleidung paßte und hell im Sonnenschein funkelte. Auch Devi bemerkte es.

»Devi«, sagte das jüngere Mädchen und zupfte die Schwester am Ärmel, »was ist mit Papa geschehen?«

»Meena«, antwortete sie liebevoll, »Papa hat ein Leben gehabt, das es ihm erlaubte, bei uns zu sein und uns zu begleiten. Doch jetzt hat er ein neues Leben. Es ist anders. Er wird jetzt nicht mehr an unserer Seite gehen. Diese Form des Lebens ist zu Ende gegangen.«

Das junge Mädchen hielt den Kopf schräg; ihre Verwirrung war deutlich sichtbar. Hakim hörte aufmerksam zu. Er hätte selber auch gern gewußt, was mit seinem Vater, seiner Mutter und allen Verwandten, die er nie gekannt hatte, geschehen war.

»Meena«, hob das ältere Mädchen von neuem an. »Erinnerst du dich an die Lieder, die wir mit Papa gesungen haben?« Meena nickte leicht mit dem Kopf. »So wie die Lieder, die wir voller Harmonie gesungen haben, wird auch ein einzelnes Leben in Harmonie mit der Ganzheit des Lebens gesungen. Du kannst Papas Gesang jetzt nicht mehr hören, doch sein Lied klingt weiter. Nur seine Stimme ist nicht mehr zu hören.«

»Papa lebt nicht mehr?« fragte Meena, als ob sie sich dessen nicht sicher war.

»Papa lebt nicht mehr«, wiederholte ihre Schwester. »Doch obwohl er nun nicht mehr mit uns singt, hört sein Lied nicht auf. Eines Tages wird die Natur ihm ein anderes Lied zu singen geben – ein Lied, das man dann wieder in dieser Welt hören kann.«
Hakim unterbrach mit leiser Stimme. »Was meinst du damit? Euer Vater wird nicht zurückkehren.« Hakim wollte nicht gemein sein; er wollte in diesem Punkt bloß selbst Klarheit gewinnen.
»Nicht in der gleichen Form, nein.« Devi berührte das Haar der Schwester sanft mit ihrer Hand. »Aber das Leben hört nicht einfach auf, weil es seine Form ändert.« Devi schaute Hakim zärtlich an. Bei dem beruhigenden Ton von Devis Stimme und der schlichten Weisheit ihrer Worte nickten die beiden anderen Kinder mit dem Kopf.
Meena schaute ihre Schwester hoffnungsvoll an. »Kann Papa wieder zu uns zurückkommen?«
»Er wird nicht zurückkommen. Er wird nicht mehr an unserer Seite gehen«, erwiderte Devi bestimmt. »Aber wir können ihm unsere Gebete schenken. Wir können ihm die Aufmerksamkeit unserer Herzen schenken. Und er wird es uns vergelten.«
»Ist das wirklich so?« Hakim war überrascht, daß er die Frage stellte.
»Liebe geht nie verloren. Liebe erzeugt stets Liebe.« Devi schaute ihn an. »Und Haß erzeugt Haß. Unsere Erfahrung des Lebens wird das widerspiegeln, was in unserem Inneren liegt. Was wir andern geben, werden wir selbst bekommen. Mein Vater hat mir einmal

erklärt, Geben und Schenken sei das Instrument, durch das das Leben singt. Und Empfangen und Nehmen ist ebenfalls notwendig, sonst wird das Lied nicht gehört.« Hakim nickte. Devi wandte sich ihrer Schwester zu und nahm ihre Hand. Neben der Asche des Scheiterhaufens wurde die Mutter der beiden Mädchen aufgerichtet.

»Als ich so alt war wie meine Schwester jetzt, hat Vater mir dieses hier gegeben«, sagte Devi. Hakim beobachtete, wie sie sich in den Nacken faßte, um eine glänzende braune Halskette zu lösen. »Diese Perlen sind aus Glimmerquarz. In den alten Palästen haben die Könige solche Perlen in die Wände der Gemächer ihrer Frauen eingesetzt, um damit ein Spiegelbild ihrer Schönheit zu schaffen. Nimm sie«, bat sie Hakim mit der Kette in der Hand.

»Das kann ich nicht ...«, sagte er, völlig überrascht, daß sie ihm solch einen Schatz schenken wollte.

»Doch, du kannst. Du mußt sie annehmen.« Sie ließ sie in seine Hände fallen.

»Hast du einen Papa?« fragte Devi, ohne die Augen vom Scheiterhaufen abzulenken.

»Ich habe keine Mutter und keinen Vater«, antwortete Hakim. »Ich habe lange nach ihnen gesucht.«

»Wo hast du gesucht?« fragte sie.

»Überall«, antwortete er ohne zu zögern.

»Überall?« wiederholte sie. »Fern und nah?«

»Beides. Fern und nah«, äffte er sie nach.

»Wie nah in der Nähe?« fragte sie trotzdem weiter. *»Nicht in dir drinnen«*, flüsterte sie für sich.

»Wie? ...« Er verstand sie nicht.
»Ich werde dir noch etwas anderes schenken.« Sie schaute ihm offen in die Augen. Ihr ernster Ton nahm ihn gefangen. »Ein paar Stunden weiter östlich von hier liegt ein Dorf. Dort lebt jemand, mit dem du sprechen mußt. Er könnte dir helfen, deine Eltern zu finden ... oder wen immer sonst du suchst.«
Bevor Hakim antworten konnte, war Devi aufgestanden und zog ihre kleine Schwester mit sich fort. »Komm, Meena.« Die beiden Mädchen liefen zu ihrer Mutter zurück.
Hakim betrachtete die Kette mit den Steinen in seiner Hand. Er hielt sie fest umklammert und dachte darüber nach, was er zu tun hatte.
In der Ferne strich Devi sich den Schmutz vom Kleid; Meena folgte ihrem Beispiel und klopfte mit ihren kleinen Händen das Kleid sauber. Das Lächeln auf dem Gesicht der Frau, die dort stand und den Boden fegte, bemerkte Hakim nicht. Er sah nur den Blitz eines grünen Juwels an ihrer rechten Hand, als es den Sonnenschein einfing.
Hakim betrachtete noch einmal die feine Halskette. Die kleinen Perlen glitzerten in der Sonne, als er sie sich anlegte. Die beiden Mädchen hatten ihre Mutter und den heiligen Mann fast erreicht, der Gebete sang und Blumen auf die Asche des Scheiterhaufens warf.
Meena wollte ihrer Schwester erneut Fragen stellen, doch Devi fing sie ab, noch bevor sie begann. »Sei still, Meena ... und weine.«

9

Das Räderwerk der Macht

Nach seiner Begegnung mit Meena und Devi verbrachte Hakim den Nachmittag in tiefem Grübeln. Er dachte an ihren Verlust und machte sich Gedanken darüber, wie das Leben der beiden Mädchen sich ohne den Vater verändern würde. Er dachte an sein eigenes Leben und fragte sich, wie es wohl wäre, wenn er einen Vater hätte, der ihn führte. Bei solchen Überlegungen empfand Hakim gewöhnlich ein Gefühl von Trauer und Einsamkeit. Doch diesmal ließen ihn die Gedanken unbeschwert, und er ließ sich treiben.

Als Hakim später am Tag durch die Basare und Märkte wanderte, stellte er sich vor, daß sein Vater an seiner Seite ging, und es gelang ihm, zur eigenen Überraschung, sich tatsächlich ein Bild von seinem Vater zu machen. Für einige flüchtige Augenblicke spürte er sogar seine Nähe. Mit Herz und Verstand hatte er sich einen Vater geschaffen, der ihn liebte.

Dieses Gefühl des Geliebtwerdens hatte er jedoch inzwischen wieder verloren; es war irgendwo in seinem Inneren geschluckt worden. Hakim war deswegen nicht verärgert oder besorgt. Er dachte nur noch an eins: Wie und wo konnte er dieses besondere Gefühl zurückrufen? Und so fielen ihm wieder Devis Worte ein: *Nach Osten,* hatte sie gesagt. Er überlegte: Wahrscheinlich lebte der Weise in einem der unzähligen Dörfer in Richtung der Wüste. Und deshalb wandte er sich dem Osten zu und ging los.

❖

Hakim erreichte die Außenbezirke der Stadt, wo die ländlichen Ebenen sich bis an den Horizont ausdehnten und wo die Landschaft nur mit alten Wohndörfern übersät war. Der Lkw-Halteplatz inmitten von Staub, Schmutz und trockener Nachtluft erinnerte ihn an Wasserlöcher, wo die Kamele sich vor dem Weg in die endlose Wüste mit Flüssigkeit füllten. Hier tranken allerdings nur die Fernfahrer, und sie stärkten sich für die langen Tag-und-Nacht-Fahrten mit Alkohol.

Ununterbrochen donnerten Lastwagen vorbei. Sie waren bunt und grell bemalt, an den Seiten mit Bildern von tanzenden Göttern. Auf den Motorhauben standen Wörter geschrieben.

Hakim betrachtete die Lastwagen, die an der Straße abgestellt waren. Er konnte sehen, wie vollgepackt die dicht aufeinandergerückten Kisten und Paletten waren, damit soviel wie eben möglich untergebracht wurde. Die Lkw wirkten gebrechlich. Sie machten den Eindruck, als ob sie jeden Moment umkippen könnten. Doch wenn sie vorüberrasten, waren sie so stabil wie schnelle Panzer, die feindlichen Stellungen entgegeneilten.

Hakim saß unter einem Baum; von dort konnte er die Lastwagen auf der anderen Seite der Straße beobachten, die zu den östlichen Ebenen führte. Er hörte das Geschwätz und Lachen der Fernfahrer, die einander mit Geschichten über ihre jüngsten Heldentaten unterhielten. Die grellen Scheinwerfer vorbeifahrender Lastwagen, deren Fahrer wild mit den Händen winkten, verliehen dem Ganzen den Anschein einer Bühneninszenierung.

Das Gelände wurde zwar von Laternen beleuchtet, die an Bäumen in der Nähe hingen, doch in ihrem Licht war kaum einmal der sinnende Ausdruck auf Hakims Gesicht zu erkennen. Seine Gedanken waren ganz auf den Weg zu Freiheit und Glück gerichtet – auf die Suche nach den Geheimnissen des Weisen.

Hinter Hakim stand ein baufälliger Holzschuppen, unter dessen Dach sich ein Mann über einen primitiven Herd beugte. Dort brannte unter einem geschwärzten Blechtopf, der sich dem Anschein nach schon jahrhundertelang an dieser Stelle befand, ein hell auflodерndes Feuer. Der Mann gab Teigbälle in das Öl, schaute sekundenlang zu, wie es zischte und brutzelte, und warf die Plätzchen dann auf eine schmutzige Theke, wo ein paar Fahrer auf die letzte Mahlzeit vor der Abfahrt warteten.

Ein kleiner Junge, der noch jünger war als Hakim, rannte zwischen der Theke und den Fernfahrern hin und her und brachte ihnen das Essen, nach dem die Männer begierig griffen. Dann und wann stieß einer

von ihnen einen lauten Rülpser aus – ein Zeichen, daß er zur Abfahrt bereit war.
Hakim beobachtete einen drahtigen Fahrer, der dem kleinen Jungen den Auftrag gab, ihm noch ein weiteres fritiertes Plätzchen zu holen. Der Junge führte die Bestellung gehorsam aus. Aus der Geborgenheit des Schattens behielt Hakim den Mann im Auge. Er hatte eine dunkle, glänzende Haut wie die hier servierten, in Öl gebackenen Plätzchen und einen Glatzkopf, auf dem sich der Mondschein spiegelte. Sein scharfgeschnittenes Gesicht war von schwarzen Augen, dünnen Lippen und einer breiten, platten Nase beherrscht. Die Stirn lag in Falten. Bis er merkte, daß Hakim ihn fixierte.
Der Fahrer schluckte sein Plätzchen rasch herunter und erhob sich langsam. Er reckte die Arme nach hinten, streckte den Körper und ließ ein lautes Gähnen hören. Dann wandte er sich um und dem Koch zu, nickte und reichte ihm ein paar Münzen. Hakims Blick folgte ihm auf dem Weg zum wartenden Lastwagen. Der drahtige Fahrer spähte in den Schatten hinein und entdeckte dort Hakims kleine, kauernde Gestalt. Er richtete seine dunklen Augen auf den Jungen.
»Nun komm schon, Freund. Brauchst du eine Fahrgelegenheit?«
Auf die Direktheit des Mannes war Hakim nicht vorbereitet, so daß er gar nicht wußte, was er antworten sollte. Er schaute den Mann einfach nur an.
»Willste etwa sitzenbleiben und zusehn, wie die Welt vorbeifährt?« Der Fahrer schien belustigt. »Gar keine

schlechte Idee, mein' ich. Aber nicht der richtige Zeitpunkt.« Der Mann wurde ernst. Er drehte sich um und begann zu einem der großen orangefarbenen Lastwagen zu gehen, die halb auf der Straße und halb auf dem Sandbogen geparkt waren. »Also komm schon«, rief er, ohne sich umzudrehen.

Hakim stand auf und lief auf den Lastwagen zu.

»Ich bin mir nicht sicher, wohin ich überhaupt gehe«, erklärte Hakim, als er in die Fahrerkabine gestiegen war und sich neben den dunklen Mann gesetzt hatte.

»Nicht ganz sicher.« Der Mann äffte Hakims Tonfall nach. »Das sind aber komische Worte für einen Jungen deines Alters. Könnte ja glatt dazu führen, daß ich mich frage, warum ich auch nicht *sicher* bin, wohin *genau* ich eigentlich fahre.«

»Ich meine«, begann Hakim von neuem, »daß ich nicht weiß, wohin Sie mich mitnehmen können.«

Daraufhin erwiderte der Mann prompt: »Ich kann dich nicht dahin fahren, wo du willst, Freund. Das kannst allein du selber. Ich bin diese Strecke wirklich schon viele Male gefahren und gebe dir einen Rat – konzentrier dich auf die Reise und nicht aufs Ziel. Die Straße, auf der wir in dieser Nacht fahren, hat viele Abzweigungen in andere Richtungen. Wenn du dich auf all die anderen Straßen konzentrierst, nimmst du deine Aufmerksamkeit dem Augenblick, den du nicht gebrauchen kannst. Der Zeitpunkt, wann du dich für eine Richtung entscheiden mußt, ist dann gekommen, wenn die anderen Straßen sich zeigen. Nicht jetzt.«

Er beendete seine Rede, indem er den Motor anließ und den Ganghebel nach hinten schob. Der Motor heulte auf und stieß einen dicken, schwarzen Rauch aus, wie ein Drachen, der aus der Gefangenschaft befreit wurde. Der Lkw setzte sich ruckartig in Bewegung, rollte auf die Fahrbahn und gewann von Sekunde zu Sekunde an Geschwindigkeit.

Das Innere dieser Kabine ist genauso bunt wie das Äußere, dachte Hakim, als er sich umschaute. Gelbe, rote und grüne Bänder säumten die ganze Innenausstattung. An der Decke hingen goldene Glöckchen, wie sie bei indischen Hochzeiten von den Bräuten an den Handgelenken getragen werden.

Unmittelbar über der Gangschaltung waren am Armaturenbrett zwei kleine Bilder befestigt. Das eine zeigte einen schönen, blauhäutigen Gott im Tanz, der eine Flöte in den zarten Händen hielt. Das andere Bild war von einem grünen, unansehnlichen Teufel, der in einer Hand eine Keule hielt und mit der anderen eine Schlange würgte. Hakim erkannte die beiden sofort. Seine Phantasie erweckte sie mit den Geschichten und Mythen zum Leben, die er von klein auf immer wieder gehört hatte. Gleich unter den Bildern bemerkte Hakim einige Worte in kunstvoller, roter Schrift. Er kniff die Augen zusammen und las mühsam: *»Unsere Gedanken, unsere Worte und unsere Taten sind Fäden des Netzes, mit dem wir uns umhüllen.«*

Der Mann unterbrach von neuem das Schweigen. »Ich heiße Mustafa, Freund«, sagte er.

»Hakim«, entgegnete Hakim; darüber hinaus fiel ihm nichts ein, was er hätte sagen können. Er dachte angestrengt nach, um dann zu fragen: »Sind Sie aus dieser Gegend?«

Mustafa antwortete lachend: »Aber nein. Ich komme aus einem fernen Land.«

»Warum sind Sie hierher gekommen?« fragte Hakim unschuldig.

»Mein Weg hat mich hergebracht. Jeder von uns hat die Pflicht, dem Weg zu folgen, der vor ihm liegt. Ich komme aus dem Westen, aus einem Land, das viele Königreiche und Meere entfernt liegt, und ich bin bis hierher gereist, weil es meine Pflicht ist zu lehren. Das haben meine Vorfahren getan, und das ist die Identität, die ich in mir trage. Aus dem Grunde bin ich hier.« In der Führerkabine machte sich eine unbehagliche Stille breit.

Der Lastwagen schoß mit hoher Geschwindigkeit voran; sie wurden auf ihren Sitzen unentwegt gerüttelt und geschüttelt. Die Finsternis, welche die Straße von beiden Seiten einschloß, wurde nur vom schmalen Lichttunnel der Scheinwerfer durchbrochen.

Von Zeit zu Zeit stießen sie auf einen anderen Lkw oder einen holpernden kleinen Wagen; dann schwoll Mustafa förmlich an vor Aufregung. Er genoß es, die Fahrbahn zu wechseln, die Lichthupe zu betätigen und zu hupen, um entgegenkommende Fahrer zu erschrecken und andere vor dem Überholen zu warnen.

Es dauerte nicht lange, und sie entdeckten am Straßenrand einen liegengebliebenen, umgestürzten Lkw.

Mustafa strahlte ihn mit den Scheinwerfern an; in ihrem Licht zeigte sich die herausgefallene Fracht. Hakim drehte sich herum und behielt das zurückbleibende Wrack im Blick, als sie an ihm vorbeirollten.

»Begleichung einer Karmaschuld«, murmelte Mustafa vor sich hin.

»Und was ist das?« fragte Hakim.

»Strafe für vergangenes Karma«, wiederholte Mustafa.

Hakim überlegte. Er hatte das Wort *Karma* schon ein paarmal gehört, wurde sich jedoch nun bewußt, daß er nicht verstanden hatte, was es bedeutete. »Was wollen Sie damit sagen?«

Mustafa zog die Augenbrauen hoch und lächelte. »Karma bedeutet Handeln, und jede Handlung hat Folgen. Deshalb ist Karma Handlung und Folgen. Dieser Kerl dort« – er machte eine Handbewegung zu dem Lastwagen, an dem sie gerade vorbeigefahren waren – »traf eine Entscheidung und handelte nach dieser Entscheidung. Er hat soeben die Folgen seines Handelns erlebt.«

»Er könnte doch die Kontrolle über seinen Lastwagen verloren haben«, erwiderte Hakim. »Vielleicht war da etwas auf der Straße, dem er aus dem Weg fahren wollte, und dabei ist der Laster umgekippt, ohne daß es seine Schuld ist.«

Mustafas Antwort kam langsam. »Das war vielleicht nicht die Art von Handeln, die ich meinte.«

Hakim fühlte sich zurechtgewiesen und schwieg.

»Die Folgen einer Handlung folgen ihr nicht immer unmittelbar, mein Freund. Manchmal sprießt das Ergebnis erst viel später, nachdem der Same der Handlung gesät wurde.« Mustafa blieb einen Augenblick still, um seine Worte wirken zu lassen. »Jede Folge ist in sich eine andere Tat. Dieser Kerl hatte es nicht verdient, daß sein Wagen umstürzte, aber irgendwo in der Kette hat er eine Wahl getroffen, die zu dem Unfall führte. Der Unfall selbst ist eine andere Handlung, die in die Zukunft führt; nun muß er eine weitere Entscheidung treffen, nämlich wie dieser Unfall ihn persönlich berührt und beeinflussen wird. Wird er ihn stärken oder wird er ihn schwächen?« Mustafa machte eine Pause.

»Ich habe einmal einen weisen Mann sagen hören, der beste Weg, sich auf die Zukunft vorzubereiten, sei totale Aufmerksamkeit auf die Gegenwart – auf die Entscheidungen, die wir in jedem Augenblick treffen. Wenn wir uns der Entscheidungen voll bewußt sind, die wir Augenblick für Augenblick treffen, so wird die Zukunft für sich selbst sorgen, und die Reise wird eine angenehmere sein.«

Als Mustafa »einen weisen Mann« erwähnte, tat Hakims Herz einen Satz; er war jedoch neugierig wegen einer Aussage, die Mustafa zuvor gemacht hatte. »Du hast gesagt, daß es eine Last ist, sich auf die Zukunft auszurichten, auf Straßen, die weit entfernt sind von dem Weg, auf dem wir uns jetzt befinden.«

»So ist es, mein Freund«, antwortete Mustafa. »Wenn unsere Aufmerksamkeit von der Zukunft oder von der Vergangenheit aufgefressen wird, leben wir nicht im gegenwärtigen Augenblick. Wenn wir in der Zukunft leben, öffnen wir uns der Angst. Wenn wir in der Vergangenheit leben, öffnen wir uns der Trauer. Wenn wir aber im Augenblick leben, machen wir uns offen für Aufregung, Begeisterung und unschuldiges Staunen.«

Entscheidungen. Hakim dachte an all die Straßen, an denen sie vorbeigefahren waren. »Wie können wir wissen, ob wir die beste Wahl treffen, den besten Weg wählen?«

»Da gibt es nur eine einzige Möglichkeit, mein Freund, nämlich deinem Herz, der Stimme deiner Intuition zu vertrauen«, antwortete Mustafa. »Wir treffen allzuoft Entscheidungen, die nur auf dem Verstand gründen, und bleiben in den gleichen Schemata und der gleichen Routine verkettet. Wir erleben immer wieder nur die gleichen Erfahrungen, weil wir Angst haben, ein Risiko einzugehen oder nach unseren Träumen zu handeln.«

Der Teufel. Hakim kam Lamias Lesung auf dem Volksfest in den Sinn.

Mustafa warf ihm einen prüfenden Blick zu. Er konnte im schwachen Licht der Führerkabine Hakims zarte, jungenhafte Gesichtszüge erkennen, die von dichten, schwarzen Locken gerahmt wurden. *So jung,* dachte Mustafa.

»Wie können wir bei so vielen Straßen, zwischen denen wir wählen müssen, dem Rat unseres Herzens vertrauen?« fragte Hakim spitz.

»Wie könnten wir anders, Hakim?« schoß Mustafa zurück, der ihn jetzt zum ersten Mal namentlich ansprach. »Einzig das Herz erwägt alle Wahrscheinlichkeiten, alle möglichen Konsequenzen im ganzen Universum. Bei ihm wird nichts ausgeschlossen; da wird alles berücksichtigt. Und deswegen ist es ihm auch möglich, uns zur richtigen Entscheidung zu führen.«

Hakim musterte den drahtigen Fernfahrer, der sein Ungetüm unbehindert über die fast leere Landstraße jagte. »Und wie können wir *wissen*, daß es die richtige Entscheidung ist?«

Mustafa lächelte. »Du wirst es fühlen.«

»*Was* fühlen?« erwiderte Hakim.

»Du wirst dann Frieden und Trost und keinen Widerstand des Universums spüren. Wenn du die richtige Wahl triffst, wird dein Körper es dir mit einem Gefühl des Behagens zu verstehen geben. Du wirst dich einfach wohl fühlen. Wenn du jedoch die falsche Wahl machst, wirst du es auch empfinden – als körperliches Unbehagen.

Es gibt einen gemeinsamen Faden, der sich, bei allen individuellen Unterschieden, durch uns alle webt. Ganz gleich welcher Hautfarbe, welchen Geschlechts, welchen Alters wir sein mögen, sind wir doch alle miteinander in der Menschheit geschwisterlich vereint. Unsere gemeinsame Identität kann sich durch nichts ändern.

Ich komme aus einem fernen Land, und doch sind wir beide, du und ich, aus der gleichen Substanz, aus dem gleichen Geist geschaffen, der Gott heißt. Gottes Geist ist im Herzen eines jeden Lebewesens ...«

Hakim unterbrach. »Was macht Gott ...«

Mustafa schnitt ihm das Wort ab. »Nein, nein, nein.

Gott *macht* nichts. Gott *ist*. Gottes Gegenwart ist überall, in allem zu finden. Der gleiche Geist, der einen Grashalm durchpulst, spricht durch das Herz zu jedem von uns. Wenn wir zuhören und unsere Entscheidungen auf seine Weisheit gründen, bringen wir letztendlich allen Glück.«

In der Kabine herrschte Stille; zu hören war nur das Rattern der Anhänger, die durch Unebenheiten der Straße in Schwingung kamen. Der Laster brauste mit voller Kraft voraus. Hakim beobachtete die Straße, er achtete auf jede Ausfahrt, an der sie vorüberkamen. *Diese Straßen führen bestimmt zu vielen weiteren Straßen.* Er sagte sich, daß es unzählig viele Dörfer gäbe und deshalb unmöglich war, den Weisen zu finden.

Hakims Blick fiel auf die zwei kleinen Bilder am Armaturenbrett; auf der Suche nach irgendeinem Zeichen ließ er ihn von dem spielerischen Gott zum dunklen Dämonen wandern. Dann spähte er ins Dunkel des Firmaments, das noch immer voller Sterne war. Solch klare, leuchtende Sterne hatte er am Himmel über der Großstadt noch nie gesehen. Es war das erste Mal seit langem, daß ihm der Meister in den Sinn kam. *Falls ich den Weisen nicht finde, kann ich seine Geheimnisse vielleicht immer noch vom Meister lernen ...*

»Die werden dir nicht helfen«, bemerkte Mustafa, ohne die Augen von der vor ihm liegenden Straße zu nehmen.

»Wer?« gab Hakim zurück, der das Gefühl hatte, daß Mustafa in seine Gedankenwelt eindrang.

»Die Sterne natürlich«, antwortete Mustafa ohne

Zögern. »Wenn du dort oben nach Antworten suchen solltest, wirst du sie nie finden.«
Hakim lehnte sich auf seinem Sitz zurück.
»Es gibt sicherlich Kräfte, die versuchen werden, dich und deine Entscheidungen zu beeinflussen«, fuhr Mustafa fort, »aber es steht allein in deiner Macht, die richtige Wahl zu treffen.«
Die richtige Wahl. Es war der Widerhall einer Stimme in seinem Innern, als er zu einer Straße schaute, die von der Fernstraße abbog.
»Die Straße dort macht einen guten Eindruck«, sagte Hakim mit Überzeugung.
»In der Tat«, erwiderte Mustafa.
Der Lastwagen fuhr zur Seite und blieb auf dem Sand des Randstreifens stehen. Am Horizont zeigte sich die schwache Helligkeit der ersten Dämmerung. Nicht allzuweit entfernt von der Stelle, wo der Lkw hielt, stieg eine leichte Rauchwolke zum Himmel; da mußte also ein Dorf ganz in der Nähe sein.
»Ich muß weiter.« Mustafas Stimme erfüllte die Führerkabine. »Das ist nicht mein Weg. Es ist dein Weg.« Er zwinkerte Hakim zu. »Auf Wiedersehn, mein Freund.«
Hakim sprang nach draußen und verschwand hinter dem Lastwagen.
Der Motor heulte wieder auf, der orangefarbene Lkw setzte sich langsam in Bewegung. Hakim sandte ihm einen letzten Blick nach, dann drehte er sich um und lief auf das Dorf zu.
Mustafa hielt sich auf der Hauptstraße, sein Blick aber

ruhte auf dem Seitenspiegel. Er galt nicht dem Jungen, sondern einer Frau im weißen Sari an der Straßenseite. Ihre rechte Hand sah seltsam aus – so als ob ein grüner Stern vom Himmel gefallen und an ihrem Finger gelandet wäre. Bevor sie sich abwandte, kreuzte ihr Blick im Spiegel die Augen des Fernfahrers, und sie grüßte mit einem warmen, fröhlichen Lächeln.

10

Versuchung

Hakim betrat das verlassene Dorf, als eben die Morgendämmerung anbrach und das Dorf mit dem vertrauten Geklapper des Lebens erwachte. Es gab dort überhaupt keine Straße und nur wenige Fahrzeuge. Als Hauptverkehrsader diente ein ausgetretener Weg, über den alles ins Dorf hineinkam und es wieder verließ.

Hakim schaute sich um. An Geschäftigkeit oder Munterkeit vermochte er nicht viel zu erkennen. Hier und dort zeigten sich Kühe, Hähne und streunende Hunde. Er begann schon an der Richtigkeit seiner Wahl dieses Dorfes zu zweifeln, als am andern Ende des Wegs ein Mann aus dem Schatten trat.

»Wie geht's, mein Sohn?« Hakim drehte sich zu dem Mann um und sah einen hochgewachsenen, behenden Kerl vor sich.

»Gut«, antwortete Hakim mit selbstsicherem Ton.

»Etwas zu trinken?« Der Mann griff in den Schatten hinter sich und zog eine nasse Flasche Soda hervor. »Die Hitze kann einem schon zu schaffen machen.« Er wischte sich mit dem Handrücken über die Stirn, wie um anzudeuten, daß er bereits schweißgebadet sei.

Hakim hatte plötzlich ein merkwürdiges Gefühl von

Mißtrauen im Magen, der erfrischende Anblick des Getränkes gewann jedoch die Oberhand.
»Ja, eigentlich schon.« Hakim befand sich mittlerweile neben dem Mann, der eine Stufe über dem Erdboden stand, und griff nach der Flasche.
»Moment, Moment.« Der Mann trat kurz zurück, grapschte nach einem Flaschenöffner und machte sich daran, die Kappe vom Flaschenhals zu entfernen. Er reichte Hakim das eiskalte Sodawasser und deutete mit der anderen Hand auf einen halb im Schatten verborgenen Stuhl.
Hakim setzte sich und begann, in kleinen Schlucken zu trinken. Ihm fiel auf, wie wacklig der Tisch war, der zwischen ihnen stand. Er schaute dem Mann ins Gesicht. Es wirkte so kantig, als ob die Züge mit einem Meißel geschnitzt worden wären. Die Nase war lang und schmal. Die Augen lugten aus zwei kleinen Schlitzen hervor. Er hatte einen kleinen Mund. Und wenn er lächelte, zeigte sich eine kleine Narbe, die zu einem kleinen schwarzen Pigmentmal führte, das auf einer Seite des Gesichts klebte. Hakim ertappte sich dabei, daß sein Blick auf diesem Fleck hängenblieb; er konnte gar nicht verstehen, warum der Fleck ihm plötzlich keine Ruhe ließ.
»Was bringt dich in unser kleines Dorf?« begann der Mann das Gespräch. »Ich habe dich hier noch nie bemerkt.« Er steckte sich eine Zigarette an und warf das abgebrannte Streichholz auf den Boden.
»Suchst du irgendwas? Oder wen?« Er blies eine

Rauchfahne in die Luft. »Da könnte ich dir ja vielleicht helfen, weißt du.«

Devi, überlegte Hakim. *Ist das der Mann, dem ich begegnen sollte?* Er blieb einen Moment still, um auf sein Herz zu hören, weil er sich an Mustafas Worte erinnerte.

»Ich bin bloß auf der Durchreise«, entgegnete Hakim dann mit stolzer Miene.

Der Mann, sichtlich überrascht von der Antwort des Jungen, wurde unruhig.

»Und Sie sind?« schoß Hakim prompt nach.

Der Mann reagierte unsicher; er hatte offenbar nicht damit gerechnet, daß der Junge so direkt wäre. »Luh ... Lucius.« Er faßte sich. »Mein Name ist Lucius. Und wie heißt du, mein Sohn?«

»Hakim.« Die Antwort kam wiederum selbstbewußt und rasch. Seine jugendliche Arroganz irritierte den Mann, der jedoch nicht lockerließ.

»Ich könnte dir eine Menge Zeit sparen. Mit meiner Unterstützung könntest du sogar ohne allzu große Anstrengung erreichen, was du dir wünscht.« Er hob die Augenbrauen, um sein Angebot noch zu unterstreichen.

Hakim musterte ihn voller Mißtrauen. Er hätte gern geglaubt, daß Lucius ihm irgendwie helfen könnte. Vielleicht würde ja seine Suche nach dem Weisen durch Lucius' Angebot zu einer Lösung kommen. Hakim war sehr versucht, auf das Angebot einzugehen, doch in seinem Innern regte sich Widerstand. Er *spürte,* daß da irgend etwas nicht stimmte.

»Ich komme schon klar.«

Mit einem langsamen Kopfnicken nahm Lucius Hakims Entscheidung, die Hilfe abzulehnen, zur Kenntnis. »Gut, aber wenn du nur auf der Durchreise bist, könnte ich dir wenigstens den besten Weg aus dem Dorf zeigen.« Lucius hielt die Zigarette seitlich, während er den Jungen fixierte.

»Ich komme schon allein klar«, gab Hakim zurück, der sich zunehmend sicherer fühlte. »Ich möchte wohl noch hierbleiben und mich im Schatten ausruhen.«

»Im Schatten?« fragte der Mann neugierig.

»Ja, unter den Bäumen, wo es kühl ist.« Hakim machte eine Kopfbewegung in Richtung einer Baumgruppe ganz in der Nähe.

Der Mann gewann wieder seine kühle Selbstbeherrschung. »Du hast wohl keine Angst vor dem Dunkel, mein Junge?« Er warf Hakim durch die aufsteigenden Schwaden des Zigarettenrauchs einen begehrlichen Blick zu.

»Nein, habe ich nicht.« Hakim meinte, in der Stimme des Mannes einen bedrohlichen Unterton zu hören. Er bekam ein ungutes Gefühl.

»Das gefällt mir. Ich persönlich habe das Dunkle immer als viel verlockender empfunden. Im Dunkel hat man einfach viel mehr Möglichkeiten.« Er fabrizierte ein Lächeln und lehnte sich auf seinem Stuhl zurück. »Also, noch mal, mein Junge – was willst du? Wonach suchst du? Ich bin sicher, daß ich dir zeigen kann, wo du es findest.« Lucius drängte immer mehr. Hakim begann innerlich zu zittern beim Anblick des verzehrenden Feu-

ers in den Augen des Mannes, der spürte, daß Hakim mit wachsender Neugier zwischen Angst und Verlangen schwankte.
Er hörte Lucius aufmerksam zu, vermied es jedoch sorgsam, ihm in die Augen zu schauen.
Lucius machte sich das Schweigen des Jungen zunutze. »Du brauchst wirklich keine Scheu zu haben, offen zu sagen, wonach es dich verlangt. Es gibt überhaupt nichts auszusetzen an dem Wunsch nach … Ist es *Macht* oder *Geld*?
Die Frage brachte Hakim völlig aus der Fassung. Ihm drehte sich der Magen. Neugier und Eigennutz drängten Hakim dahin, erfahren zu wollen, was der Mann zu sagen hatte. Dann kamen ihm jedoch wieder die Worte Mustafas in den Sinn: *Hör auf dein Herz.* Er konzentrierte sich auf diese Worte. Ihm klopfte das Herz, so wild, daß es fast unerträglich wurde. *Hat Mustafa damit solche Situationen gemeint?*
»Ich muß jetzt gehen«, erklärte Hakim und stand auf. »Danke sehr für das Getränk.« Er sprang vom Tisch auf und steuerte auf den Weg zu, auf dem er gekommen war.
»Ja«, sagte Lucius mit einem Ton der Enttäuschung in der Stimme, die Hakim nachklang. »Ich bin aber *sicher*, daß ich dich eines Tages wiedersehen werde.«
Hakim stolperte fast über die eigenen Füße. Denn ein Teil von ihm war noch immer neugierig und versucht zu bleiben. Dann wurde ihm schlagartig bewußt, warum es in ihm rumorte – warum sein Herz so rasend schlug.
Haß erzeugt Haß. Es waren Devis Worte, die ihm plötz-

lich im Kopf klangen, als er darum kämpfte, seine Empfindungen gegenüber diesem Mann unter Kontrolle zu bringen.
Lucius stand am Rande des Schattens, der mit dem vorrückenden Licht größer geworden war. »Ja, so ist es«, sagte er sich leise und lächelte zufrieden beim letzten Zug an seiner Zigarette, bevor er sie auf die Erde schleuderte.

11

Tanz des Geistes

Hakim verließ den Hauptplatz und steuerte auf eine Gruppe von Holzhütten im Herzen des Dorfes zu, während er immer wieder zurückschaute, um sich zu vergewissern, daß Lucius ihn nicht verfolgte. Er wurde das Gefühl einfach nicht los, beobachtet zu werden.

Am Ende eines Seitenweges entdeckte er eine große Hütte, aus der ein fröhliches Lachen zu hören war. Hakim näherte sich ihr vorsichtig, da er nicht sicher war, ob die Dorfbewohner drinnen ihn willkommen heißen würden. Als er ganz nah herangekommen war, bemerkte er eine Sammlung kleiner Fahrräder, die neben dem Eingang auf den Boden geworfen waren.

Er spähte kurz durch den dünnen Lichtspalt zwischen der Tür und dem Strohvorhang, der sie lose verdeckte. Drinnen befand sich eine junge Frau. Sie war umgeben von – er zählte schnell – sieben Mädchen, die in einem Kreis saßen.

Einige der Mädchen waren nicht viel jünger als er. Alle trugen sie leuchtende, lockere Kleider in verschiedenen Tönen von Rot, Gelb, Grün und Blau. Durch die Fenster drangen Fluten von Sonnenschein herein und füllten den Raum mit ihrem hellen Glanz. Staubkörnchen tanzten im Licht und verschwanden im Schatten. Das leise Summen eines schwingenden Ventilators bewegte die warme Luft sanft durch den Raum.

Die Kindergesichter waren von erregtem Staunen erfüllt, als die junge Frau in einem theatralischen Flüsterton erzählte: »Als ich die Göttin Kali das erste Mal sah, hatte ich furchtbar Angst. Sie war so dunkel wie die Mitternacht. Ihre feuerroten Augen rotierten in alle Richtungen. Ihre Zunge war blutbefleckt und die Stirn mit einem Halbmond gezeichnet. An ihrem Hals hing eine Halskette aus Schlangen und eine Girlande von Totenköpfen. Sie hatte Kadaver als Ohrringe. Beim Balancieren auf dem Bauch ihres gestürzten Mannes wackelte ihr Bauch. Und ich habe mich gefragt: *Wie könnte ich für sie tanzen?*«

Die kleinen Mädchen umringten die junge Frau und nickten, als sie wiederholte: »Wie könnte ich für diese Dämonin tanzen?

Da hat meine Großmutter, die meine Lehrerin war, mir erklärt, daß ich meinen Tanz darbieten müsse und es mit Liebe und Ehre tun sollte.«

Die Mädchen schnappten vor Überraschung und Entsetzen nach Luft. Das jüngste stieß hervor: »Aber wie konntest du, Tante Neena? Wie konntest du deinen Tanz einem so dunklen Wesen darbringen? Ich könnte das nicht.«

»Das Dunkel, mein Kind, ist nur ein anderer Ausdruck von Licht. Ohne das eine könnten wir auch nicht das andere haben. Und so wie Dunkel und Licht nur gemeinsam existieren, existieren auch das Böse und das Gute zusammen. Wie können wir das Licht ehren, wenn wir uns weigern, die Schatten anzuerkennen?« Die Frau hielt inne.

»Warum können wir das, was böse ist, nicht einfach ignorieren?« fragte ein anderes Mädchen.

»Böse, mein Kind« – die Frau wandte sich ihr zu – »ist nur eine Bezeichnung, die *wir* Dingen geben. Wie können wir das ignorieren, was ein natürlicher Bestandteil des Lebens ist, ein Teil unseres eigenen Daseins?«

Als ein Mädchen daraufhin fragte: »Gibt es Böses in uns?« wurden andere von einem Schauder ergriffen.

»Es gibt in uns die Saat des Bösen, genauso wie es in uns auch die Saat des Göttlichen gibt. Wir haben beides zu akzeptieren.« Sie fuhr mit leiser Stimme fort: »Wenn wir etwas gut oder böse, schön oder häßlich nennen, so ist das nur eine Beurteilung. In dem Moment, wenn wir urteilen, trennen wir uns von einem Teil des Lebens und verlieren die Einheit aller Dinge aus den Augen. Wenn wir uns weigern zu urteilen, so bleiben unsere Vernunft und unser Herz offen für ein unendliches Reich von Möglichkeiten.« Sie lächelte ein strahlendes Lächeln.

»Kinder, wir leben in einer Welt der Gegensätze, in einer Welt der Zwietracht zwischen vielen Kräften. Es wird immer Licht und Finsternis, Gut und Böse, Leid und Lust, Chaos und Ordnung geben. Nur wenn wir die Welt so annehmen, wie sie ist, und die reiche Vielfalt der Erfahrungen akzeptieren, werden wir wahres Glück und wahre Freiheit kennenlernen.

Und nun möchte ich gern mit dem Tanzunterricht beginnen.« Die Lehrerin erhob sich, als die sieben Mädchen durch ein Nicken des Kopfes zustimmten, auf die Füße sprangen und sich zum Tanzen bereitmachten.

❖

»Du machst das nicht richtig«, sagte ein ganz kleines Mädchen mit unterdrückter Stimme. »Du mußt dich konzentrieren.«
»Tu ich ja«, antwortete das andere und stapfte mit den Füßen rhythmisch auf dem Boden.
»Es ist immer noch nicht richtig«, beharrte das kleine Mädchen. »Du mußt dich noch mehr anstrengen, Priya.«
»Ich *streng'* mich ja an.«
Sie wurde von der Lehrerin unterbrochen, die freundlich zu den zwei kleinen Mädchen herüberlächelte. »Das Anstrengen bringt es nicht, Priya.« Doch es war das Mädchen, das die Zurechtweisungen gemacht hatte, das rot anlief.
»Was man mit zu großer Anstrengung tut, wird gezwungen und schwierig. Was man natürlich und spontan tut, fließt mühelos leicht.« Ihre Stimme war sanft und warmherzig. »Eine Blume bemüht sich nicht zu blühen; es liegt in der Natur der Blume zu blühen. Ein Fisch versucht nicht zu schwimmen; er schwimmt ohne Mühe. Und so muß auch eine Tänzerin ihrem inneren Wesen Raum geben, sich im Tanz auszudrücken.«

Die Lehrerin tappte mit den Füßen rhythmisch auf den Boden, zuerst leichthin, dann immer energischer. Sie hielt die Knie gebeugt und den Rücken gerade. Priya begann, dem Beispiel der Lehrerin zu folgen.

»Der Anhaltspunkt muß euch euer eigenes Selbst sein«, erklärte die Lehrerin. Sie hielt inne, betrachtete die jungen Mädchen und sagte sich, daß sie knospende Frauen vor sich habe. »Ihr dürft nicht tanzen, um andere zu beeindrucken oder ihren Beifall zu gewinnen. Eine Handlung, die um einer Reaktion willen geschieht, ist nämlich nie ohne Mühe und Anstrengung. Ihr müßt tanzen, um mit dem Tanz euer eigenes Wesen zu lieben und zu ehren.«

Die Lehrerin drehte sich um und begann hingebungsvoll zu tanzen, indem sie den Kopf zurückwarf, den Körper geschmeidig wand und mit den Füßen stampfte. Der Rhythmus, den sie in Gang setzte, breitete sich bald über den ganzen Raum. Bald tanzten alle Mädchen, angeführt von der kleinen Priya, frei und ungezwungen in einem allgemeinen Gefühl von Hochstimmung.

❖

Hakim kauerte sich in den Schatten neben der Tür und schaute zu, als die Mädchen sich in einem Wirbel von Regenbogenfarben drehten, und er dachte: *Wie schön sie sind.*

Sie tanzten, bis die Lehrerin stehenblieb und zum anderen Ende des Raums hinüberging, wohin ihr die Mädchen dann rasch folgten. Sie knieten sich vor eine Gruppe Bronzeminiaturen von Göttern und Göttinnen hin, von denen Hakim einige wiedererkannte. Sie falteten die Hände und sangen die kurze Litanei der Lehrerin nach.

Anschließend beugte die Lehrerin sich vor, hob eine ungewöhnlich große Blumengirlande auf und hängte sie einer Statue um – der häßlichsten von allen, Kali, wie Hakim sofort begriff. Es war die Göttin, von der die junge Frau zuvor gesprochen hatte.

Die Lehrerin wich vom Altar zurück; sie hatte die Hände noch immer gefaltet, als sie sich wieder den Kindern zuwandte. »Bis morgen.«

Die Kinder rannten lachend und laut plappernd zur Tür. Hakim rappelte sich hoch und verschwand eilends seitlich der Hütte, um nicht gesehen zu werden. Die Mädchen nahmen ihre Fahrräder und fuhren zu ihren Häusern im Dorf. Sie ließen eine Staubwolke hinter sich zurück.

Hakim blieb einen Augenblick stehen, um zu überlegen, wie er sich jetzt verhalten sollte. Er kehrte leise zum Eingang der Hütte zurück und steckte den Kopf gerade in dem Moment durch die Tür, als die Lehrerin sich umdrehte und Hakim dabei ertappte, wie er sie beobachtete. In seiner Verlegenheit wollte Hakim zuerst weglaufen, rührte sich dann aber, atemlos und wie verzaubert von der Präsenz der jungen Frau, nicht von der Stelle.

»Möchtest du hereinkommen?« fragte sie und zog an den Spangen, die ihr Haar zusammenhielten.

Hakim trat ängstlich vor. Die Lehrerin wandte sich ab, trank aus einer Taschenflasche einen Schluck Wasser und wischte sich mit einer weißen Serviette die Stirn. »Bist wohl doch ein bißchen überrascht, hier zu sein, nicht wahr?« fragte sie.
»Ich suche jemanden«, antwortete Hakim leise.
»Du suchst jemanden. Ja«, sagte sie still. »Ich heiße Neena. Ich könnte dir vielleicht nützlich sein.« Sie schaute ihn an.
Da musterte Hakim sie zum ersten Mal genau. Sie war schön. Sie hatte tiefliegende, dunkelbraune Augen. Das Gesicht war geradezu ein Muster feinster Anmut. Ihr langes, dunkles, nun von den Spangen befreites Haar fiel auf Schultern und Rücken herab. Sie war schlank und groß, ihre Haltung aufrecht und stolz. Aus Furcht, daß sie fortgehen könnte, ließ Hakim sie nicht aus seinem Blick.
»Bevor wir diese Person finden, nach der du suchst, sag mir« – sie machte eine Pause, schenkte ihm ein freundliches Lächeln –, »wer du bist.«
Hakim begann zu stottern, weil er an seine Begegnung mit Maloney denken mußte. »Ich ... ich bin Hakim.«
»Ja«, strahlte sie ihn an. »Ja, du bist es! Und wer ist Hakim?«
Er dachte über ihre Frage nach. Er hätte gern eine Antwort gegeben, die ihr gefiel. Ihm fiel aber nichts ein.
Neena kam auf ihn zu. »Komm, wir wollen mal sehen.« Sie hakte sich bei ihm ein und führte ihn in ein anderes, kleineres Zimmer. Dort war es dunkel; die schwere, feuchte Luft war von Jasminduft erfüllt.

Es dauerte eine Weile, bis Hakims Augen sich an das Dunkel gewöhnt hatten und er Neena erkannte, die vor einer anderen Gruppe von Statuen kniete. Sie richtete sich auf und drehte sich nach ihm um.

»Komm, setz dich her.« Neena deutete mit einer Handbewegung auf eine Strohmatte wie die, auf welcher sie kniete. Dann griff sie nach einer großen roten Kerze und zündete sie an.

Im Kerzenlicht konnte Hakim jetzt im Vordergrund eine große Holzfigur ausmachen; verglichen mit ihr, wirkten die übrigen dahinter unbedeutend klein. Hakim erkannte in ihr sofort Krishna, den schelmischen Tunichtgut von einem Gott, der ihn schon immer fasziniert hatte.

Neena schaute Hakim an. Sie lächelte. »Schließ deine Augen und bleib einen Moment ganz still.«

Hakim machte die Augen zu.

»Wenn dir Gedanken in den Kopf kommen, laß sie kommen. Wenn die Gedanken gehen, laß sie gehen.« Neena sprach mit ruhiger Eindringlichkeit. »Wir geben den Kräften, die wir spüren, verschiedene Namen.«

Hakim hörte genau hin.

»Wir nennen die Liebe mit verschiedenen Namen: Mutter, Vater, Gott ...« Neenas Blick ruhte auf der Statue vor ihr. »Doch können wir nie vergessen, wo unsere wahre Ergebenheit liegen muß.« Sie hielt kurz inne. »Bei unserem *Selbst*. Die höchste Frömmigkeit besteht in der leidenschaftlichen Liebe zu deinem wahren Selbst – für den, der du wirklich bist. Was du wirklich bist, ist untrennbar verbunden mit der Kraft, die in allem um dich herum existiert. Zeige deshalb allem, was gerade um dich herum ist, Augenblick für Augenblick deine Liebe, dann wirst du der *Geliebte* werden ... du wirst dich immer *geliebt fühlen*.«

Nach einer kurzen Pause fuhr Neena fort: »Ich verehre in jedem Augenblick die Saat der Gottheit in mir, die Gegenwart der Gottheit in jedem. Das drücke ich in meinem Tanz aus und in der Liebe, mit der ich unterrichte.«

Hakim erinnerte sich an Devis Worte: *Liebe erzeugt immer Liebe.*

Neena sprach erneut: »Freiheit und Glück widerfahren ohne Mühe und Anstrengung den Menschen, die die vielen Widersprüche des Lebens miteinander versöhnen können: das Göttliche und das Teuflische, das Heilige und das Profane. Wenn man gelassen zwischen den Ufern von Lust und Leid zu strömen und beides zu erleben vermag, ohne in dem einen oder dem anderen stekkenzubleiben, dann ist die Freiheit erreicht.«

Sie schwang ihre Hände. »Ich bin Kali, und ich bin Krishna. Ich bin edel, und ich bin niedrig. Ich bin schön, und ich bin häßlich. Ich bin dunkel, und ich bin hell. Ich bin der göttliche Geist, der alles geschaffen hat. So wie du, Hakim.« Neena schenkte ihm einen wohlwollenden Blick.

Er fühlte seinen Kopf schweben, als ob er nicht länger mit dem Körper verbunden wäre. »Das ist es, der bist du – das alles und mehr, Hakim.« Ihre Stimme rührte etwas in ihm an. »Wenn du erst einmal verstehst, wer du bist, wird das Universum dir seine Geheimnisse enthüllen. Dann wird die Weisheit, nach der du strebst, dir gehören.« Hakim nickte; er fühlte sich von einer Woge des Friedens durchspült.

»Der Weg des geringsten Widerstandes ist der Weg der Liebe, der Harmonie und der Freude. Nimm jeden Augenblick so, wie er ist. Der Augenblick der Gegenwart ist das Tor zur Vergangenheit und zur Zukunft. Widersteh ihm nicht. Wenn du dich gegen diesen Augenblick wehrst, wehrst du dich gegen die Vergangenheit und die Zukunft.«

Neenas Stimme hallte in seinem Bewußtsein wider, bis er jedes Gefühl von Zeit und Raum verlor. Er empfand nur Frieden, als er in eine schwerelose, schlafartige Trance fiel.

Plötzlich wurde ihm alles gleichzeitig bewußt: die Feuchtigkeit des Zimmers, die ineinander übergehenden Gerüche von Weihrauch und Staub, das Surren des Ventilators, der sich im Raum nebenan drehte, das Geräusch eines herrenlosen Hundes, der draußen in den Abfällen wühlte, der ferne Ruf einer Krähe hoch auf einem Baum, das Flüstern eines jungen Liebespaares auf dem Weg durchs Dorf.

Hakims Augen waren geschlossen, dennoch erfüllte ein helles, farbiges Leuchten sein Innerstes, als ob jede Zelle seines Körpers sich eines erneuerten Lebens erfreute. Und als das Hochgefühl durch seinen ganzen Körper pulsierte, wurde er sich seines Bewußtwerdens voll bewußt.

Hakim öffnete die Augen. Er stellte fest, daß er allein war. Neena war fort. Auf einem kleinen Tisch an der Tür lag eine Notiz in wunderschön geschwungener Handschrift. Sie war an ihn adressiert. Er nahm sie an sich und las laut:

An Hakim, mein Kind der Morgenröte:
Du bist erwacht zu dem, den du suchst. Jeder von uns wird vom Licht eines Schutzgeistes geführt. Er ist unser eigenes Selbst, das über uns wacht, uns vor Schaden bewahrt und uns zur Erfüllung unserer Träume geleitet. Dein Licht, dein Geist ist stark. Du wirst immer willkommen sein in meinem Haus. Ich werde dich in meinem Herzen halten, bis wir uns wieder begegnen.
In steter Liebe, Neena

Hakim spähte durch den Spalt zwischen dem Strohvorhang und der Tür und sah Neena beim Tanz. Obwohl keine Musik spielte, wirbelte sie aus der Kraft eines Gefühls von Ekstase umher, die den ganzen Raum erfüllte. Nach einem letzten Blick auf ihr verzaubertes Tanzen ließ Hakim, ohne sich noch einmal umzudrehen, das kleine Dorf hinter sich zurück.
Unterwegs bemerkte er in der Nähe eines Baums zwei Vögel. Der eine war durch und durch weiß bis auf die Augen, die funkelten wie zwei hellgrüne Juwelen. Der andere war ein Pfau, der sich plötzlich aufrichtete und ein Rad schlug, so daß er eine betörende Schau von leuchtend blauen und grünen Federn bot. Hakim schau-

te genau hin. Er empfand Bewunderung für die Schönheit und die ausgewogene Haltung des Geschöpfes. Aus seinem Innersten erhob sich eine Stimme: *Ich bin bei dir, Hakim. Ich werde dich führen.* Die Stimme klang tröstend und vertraut. Hakim lächelte dem Pfau zu, dann drehte er sich um und setzte seinen Weg fort.

12

Unruhige Winde

»Ihr führt ein schönes Leben, also wirklich.« Der dickliche Mann stellte seine Teetasse auf dem Untersetzer ab, der auf dem Tisch zwischen den beiden lag. Sein Blick ruhte auf den eleganten Wandteppichen und den handgewebten Läufern auf dem Boden. »Wie schafft Ihr das nur?«

Der Meister war in Gedanken zwar ganz woanders, dachte jedoch über die Frage nach, die ihm der Mann gestellt hatte. Er blickte zum Schulbeirat hinüber. Titeln maß er keine große Bedeutung bei. Was er sah, war ein fetter, habgieriger Mann, der nur ein Auge für den Luxus von Läufern und Wandteppichen hatte und nicht weiter sehen konnte. Für den Meister ähnelte dieser Mann einem hungrigen Tier, das darum bettelte, einen Brosamen hingeworfen zu bekommen.

»Ja, das ist wahr.« Der Meister sagte es so dahin, ohne Anteilnahme. »Ich führe wirklich ein schönes Leben.«

»Aber wie schafft Ihr das? Verratet es mir«, bat der Schulbeirat.

»Ich bin« – der Meister machte eine künstliche Pause, um seiner Aussage Nachdruck zu verleihen – »ein fleißiger Arbeiter.« Im Zimmer wurde es langsam dunkel,

Beleuchtung war keine eingeschaltet, und wenn der aufdringliche Gast nicht daherschwatzte, herrschte ein unbehagliches Schweigen.

Die Erklärung des Meisters stellte den Schulbeirat nicht zufrieden. »Sagt mir, ob ich es richtig sehe, aber die Mächtigen und die Reichen unter meinen Bekannten sind entweder die sehr guten, wohltätigen Typen oder die ganz bösen – die hartherzigen, die Gauner, Halsabschneider und die Korrupten. Habe ich recht?«

»Vermutlich schon«, erwiderte der Meister, den das, was dieser Kerl für eine profunde Erkenntnis hielt, völlig unberührt ließ.

»Und was seid Ihr?« schob der Schulbeirat rasch nach.

Der Meister fixierte ihn scharf. »Ich bin Anhänger einer Philosophie, die mich auf keinen dieser Typen beschränkt. Meine Macht transzendiert Eure Definition von Gut und Böse. Ich habe Erfolg mit meinen Unternehmungen, weil ich es verstehe, mich beim Handeln ganz auf meine Wünsche und meine Absichten zu konzentrieren. Das ist das Geheimnis von Macht und Reichtum.

Mein Hab und Gut« – der Meister deutete auf die vielen Luxusobjekte im Zimmer, die Perserteppiche, die orientalischen Vasen, das handgeschnitzte Mobiliar – »ist etwas, das ich besitzen oder verlieren könnte. Es sind lediglich äußere Zeichen meiner Macht. Der Reichtum, den ich genieße, ist das Resultat des rechten Gebrauchs von Macht, nicht ihre Ursache. Macht haben wir alle. Aber nur wenige von uns wissen sie zu gebrauchen.«

Die Gedanken des Meisters wanderten zu Hakim und seiner Suche nach den Geheimnissen des Weisen. Er überlegte, warum er ihn bei sich haben wollte, ja, warum er ihn als Schüler brauchte. Wo war der kleine Gauner nur untergetaucht? Der Meister nahm sich vor, seinen Leuten auf der Straße den Auftrag zu geben, nach ihm zu suchen. Auf diese Weise würde er bald wissen, wo der Knabe zu finden war.

»Ich muß gehen.« Der Meister erhob sich von seinem Stuhl.

Der Schulbeirat war von der unerwarteten Rede des Meisters verwirrt. Er hatte kein Wort verstanden, war aber trotzdem tief beeindruckt und neiderfüllt.

Der Meister musterte ihn; der dumme Kerl tat ihm leid.

»Shanti!« rief er laut. Wie eine trainierte Maus trippelte der kleingewachsene Diener aus einem der Türausgänge in das dunkle, geräumige Zimmer. »Hol meinem Freund noch eine Tasse Tee und alles, was er sich wünscht.«

Er wandte sich erneut dem dümmlichen Mann zu, der voller Ehrfurcht für den Meister schwieg. »Bleibt und genießt meine Gastfreundschaft. Ich muß jetzt fort. Es gibt da einen Jungen, der meine Hilfe braucht.«

»Er braucht Eure Hilfe?« Der untersetzte Mann wurde sofort neugierig.

»Ja, er ist einer von den Waisen, die vor zwei Jahren entlaufen sind.« Der Meister hatte die Hand ans Kinn gelegt und begann im Raum auf und ab zu laufen.

»Er ist einer der ganz wenigen ehrgeizigen Jungen, die

ich kenne. Er könnte mir sogar helfen, meine Geschäfte zu führen, im Unterschied zu meinem verwöhnten Sohn, den anscheinend mehr das Trinken und das Glücksspiel interessiert.«
»Ach ja, von Euren Problemen mit Karun habe ich schon gehört. Für einen Mann von Eurer Statur muß das wohl eine große Enttäuschung sein.« Dem Schulbeirat schien dieser einzige, kaum leicht zu korrigierende Makel im Leben des Meisters eine unbändige Freude zu bereiten.
»Nun, dieser Junge wird mich sicher nicht enttäuschen. Wenn er von meinem Angebot erfährt, wird er glücklich sein, für mich zu arbeiten. Aber es ist höchste Zeit, daß er dafür den richtigen Umgang pflegt.« In dem trüben Dämmerlicht des Raums war der verschmitzte Gesichtsausdruck des Meisters kaum zu erkennen.
Der Schulbeirat schwieg. Einen Augenblick lang war in dem Raum nur sein schweres Atmen zu hören.
Der Meister sprach, als ob er völlig vergessen hätte, daß er nicht allein war. »Jawohl, er braucht den richtigen Umgang« – der Meister lächelte –, »aber nicht diese wohltätigen Typen, wie du sie ganz recht genannt hast, die würden ihn nur durcheinanderbringen mit ihrer Idee von *Güte*.« Er verhöhnte das Wort *Güte* mit einem Unterton des Ekels in der Stimme.
»Dieses Kind braucht einen Mentor, der ihm den Weg zeigt.« Er hielt kurz inne. Er vermochte ein Lächeln der Selbstzufriedenheit nicht zu unterdrücken. Es breitete sich langsam über das ganze Gesicht. »Er braucht einen Weisen wie mich.«

❖

Hakim verließ das kleine Dorf in dem Bewußtsein, daß soeben irgend etwas Entscheidendes geschehen war. Ihm wurde allmählich klar, wie sinnlos seine Bemühungen waren, jemanden zu finden, über den er nichts weiter wußte, als daß er »der Weise« genannt wurde. Es gab Hunderte von Dörfern, und die Wahrscheinlichkeit war gering, daß der Mann, der sein geheimes Wissen vor langer Zeit einmal dem Meister mitgeteilt hatte, nun viele Jahre später wieder erscheinen würde, um es noch einmal weiterzugeben. Im übrigen begann Hakim sich zu fragen, ob es so einen Weisen überhaupt jemals gegeben hatte.

Solch eine Einsicht hätte im Grunde ein Gefühl der Trauer oder Enttäuschung auslösen müssen; seltsamerweise war das jedoch gar nicht der Fall. Hakim war überzeugt, daß seine Suche nach dem Weisen nicht umsonst gewesen war. Obwohl er keine Geheimnisse zur Erlangung von Macht entdeckt hatte, war ihm das Glück beschieden, daß Maloney, der Geschichtenerzähler, Lamia, Devi, Mustafa und Neena ihre Weisheit mit ihm geteilt hatten. Der materielle Reichtum, nach dem er sich sehnte, war immer noch ein ferner Traum; doch er hatte bereits einige wichtige Schlüssel zum Glück gewonnen.

Zum ersten Mal im Leben spürte Hakim nun, daß das Gefühl von Leere und Verlorenheit aus seinem Körper wich. An dessen Stelle trat eine innere Ruhe. In der Tiefe seiner Seele wuchs ein neues Leben heran, ein neues Verständnis, das durch Neenas Notiz nur noch bestärkt wurde. Irgendwo in seinem Herz lag der Sinn und der Zweck seines Lebens verborgen. Es gab einen Platz für ihn in der Welt; wenn er ihn doch nur schon wüßte …

13

Flammen der Finsternis

Es war Tage her, daß Hakim zum letzten Mal länger geschlafen hatte. Jetzt fühlte er in sich eine hämmernde Erschöpfung, die ihn in einen schweren Schlummer versetzte. Er vermochte sich kaum mehr wach zu halten, als er nach einem Plätzchen suchte, wo er sich hinlegen und schlafen könnte.

Todmüde schleppte er sich an den äußersten Zipfel des Dorfes, wo ein Lastwagen am Rand der nach Westen führenden Straße abgestellt war. Die Dämmerung war hereingebrochen. Vom Sonnenuntergang lag noch ein orangerötlicher Schimmer über dem Land. Hakim bemerkte den Fahrer, der unter einem Baum stand und ihm den Rücken zukehrte. Der Mann führte ein Selbstgespräch; der Rauch seiner Zigarette kringelte sich in die Höhe und formte eine Wolke über seinem Kopf.

Hakim zögerte, sich dem Mann zu nähern, schlich dann statt dessen unbemerkt an ihm vorbei hinter den Lkw und kletterte auf den Anhänger. Mit einem dumpfen Plumps landete er auf den Holzplanken des Unterbodens.

Im Vergleich mit anderen Lastern, die er gesehen hatte, war die Ladefläche spärlich bepackt. Hakim schlüpfte hinter einen großen Container und versuchte, ihn mit den Händen zu verschieben. Trotz größter Anstrengung ließ der Container sich nicht von der Stelle rücken, und weil Hakim danach überzeugt war, daß die Last sich nicht bewegen würde, legte er sich auf den Boden und fiel in einen tiefen Schlaf, bevor der Lkw losfuhr und in Richtung der Großstadt rumpelte. Seine Brust bewegte sich kaum beim Atmen, als ob ein schweres Gewicht auf ihm läge und ihn auf die Vorstellungen beschränkte, die in seinem Kopf tanzten.

❖

Hakim hatte einen Traum. Er träumte, daß er sich in einem kleinen Laden voller Wachskerzen in allen Farben und Größen befand. Leuchtende, exotische Kerzen verwandelten sich in Tiere, in violette Kühe, orangefarbene Katzen, rote Kobras. Viele Kerzen brannten; ihr Licht tauchte den kleinen Laden in einen warmen, gelben Glanz.

Hakim schaute sich um. Er genoß die Schönheit des flackernden Kerzenscheins. Hier wirkte alles weich, gedämpft und langsam; es erinnerte ihn an die Atmosphäre in einem Dom oder in einer Moschee. Die intensive, fast sinnliche Stille wurde vom zarten Läuten des Glockenspiels im Wind unterbrochen.

Hakim blickte aus einem Fenster hinaus und stellte fest, daß es Nacht geworden war. Ihm wurde der scharfe Kontrast bewußt zwischen dem warmen, gelben Licht im Raum und der kalten Schwärze draußen.

»Du suchst etwas? Kann ich dir helfen?«

Hakim drehte sich um. Hinter einem Schreibtisch, dessen elegante Holztäfelung poliert war, so daß sie golden glänzte, saß ein exotisch wirkender Mann, der lässig in einer Zeitschrift blätterte.

»Suchst du etwas Besonderes? Oder vielleicht eine bestimmte *Person*?« Hakim wollte schon antworten, als das Gesicht des Mannes sich auf einmal veränderte. Es war der Meister, der Hakim jetzt mit einem unheimlichen Lächeln in den Zügen anstarrte. Hakim war weniger erschrocken, als er vermutet hätte. Das plötzliche Erscheinen des Meisters überraschte ihn, doch gewann er rasch wieder die Fassung.

»Oh, ich weiß, da gibt es *etwas*«, fuhr der Meister fort. »Was für ein Glück, daß ich hier bin und imstande, dir dabei behilflich zu sein, es zu finden.«

Hakim musterte das Gesicht des Meisters genau. Es schien irgendwie verändert. Es war das gleiche schöne Gesicht und in seiner Wirkung doch nicht dasselbe. *Es hat mit den Augen zu tun,* dachte Hakim.

Der Meister zeigte ein breites Lächeln. Es war ein aufgesetztes süßliches Lächeln, die Art Lächeln, die der Meister immer dann bemühte, wenn er etwas von einem Menschen wollte. Da wurde Hakim auf einmal unruhig, und er fühlte sich nicht wohl. Doch als er gehen wollte, stellte er fest, daß er sich nicht zu bewegen vermochte. Es war, als ob eine schwere Last auf ihm ruhte.

»Du hast einen langen Weg zurückgelegt, Hakim. Ich würde behaupten, daß du nun am rechten Ort angelangt bist, wo du den finden kannst, nach dem du suchst. Laß mich dir helfen, den Weisen zu finden. Vergiß nicht, daß ich es war, der dich überhaupt erst auf diese Reise des Strebens nach Weisheit und Macht gebracht hat.«

Bevor der Junge antworten konnte, hatte der Meister ihn am Arm gepackt; er führte ihn durch endlos verschlungene Gänge, die sich zu einem Labyrinth verdichteten. Der Meister bewegte sich sicher und leicht dahin, als ob er den Weg kannte. Es ging abwärts. Hakim schaute nach Stufen, fand aber nur einen ebenen Weg.

»Wohin gehen wir?« fragte Hakim nach einer Weile und unterbrach damit sein schweigendes Staunen.

Der Meister lachte in sich hinein. »Erst bringst du mich her, und dann willst du von mir wissen, wohin wir gehen? Du lädst mich ein in die Welt deiner eigenen Phantasien, in das Reich deiner Seele und stellst dann solch dumme Fragen?« Er lachte erneut. »Das ist sehr komisch, Hakim. Das ist wirklich komisch.«

Hakim folgte dem Meister weiterhin durch das Dunkel, bis er auf einmal stehenblieb.

»Also, Hakim, du bist jetzt bereit, etwas zu lernen.« Der Meister drehte sich um und blickte ihm in die Augen. »Der vollkommene Lehrer erscheint immer erst dann, wenn wir zum Lernen bereit sind.«

Hakim starrte den Meister fragend an, weil er die Bemerkung nicht verstand.

»Es sieht gut aus, nicht wahr, mein Junge?« Der Meister blickte in dem Dunkel umher, während er sich zu Hakim herüberbeugte. »Ein bißchen dunkel, aber mir ist's recht.« Er lächelte und streckte die Hand nach einer dünnen Schnur aus, die aus dem Nichts auftauchte. Er zog daran, und das Dunkel wurde schlagartig durch eine neue Szenerie ersetzt. Sie befanden sich im Freien, inmitten sieben großer grauer Steine, die einen Kreis um sie bildeten. Auf den Steinen standen die gleichen Kerzen, die Hakim schon zuvor gesehen hatte; ihr Licht flackerte in einer milden Brise.

»Also dann«, erklärte der Meister. »Du hast dich danach gesehnt, die Geheimnisse des Weges zu Reichtum und Macht kennenzulernen, Hakim, und ich habe beschlossen, sie mit dir zu teilen. Als Gegenleistung verlange ich nur, daß du wieder zu mir kommst und für mich arbeitest, damit du dein neu erworbenes Wissen in die Praxis umsetzen kannst.«

Hakim blieb still.

Der Meister sprach in einem verführerisch klingenden Flüsterton, die Bedeutung der Worte aber war klar wie Kristall. »Wenn du die Welt als eine Erweiterung des eigenen Selbst, der eigenen Gedanken und Empfindungen zu verstehen beginnst, dann wirst du auch verstehen, daß du die Macht besitzt, die Welt zu verändern. Darin liegt der Schlüssel zu wahrer Macht, Hakim.«

Hakim befand sich völlig im Bann der Stimme des Meisters und nickte.

»Wir beide, du und ich, diese Felssteine, die Kerzen, die du hier siehst, in unserem Wesen sind wir alle aus dem gleichen Stoff.« Er deutete auf die Kerzen, die zu dunklen und hellen Talgtümpeln in allen Tönungen und

Farbnuancen herabgebrannt waren. »Wir alle bestehen aus den gleichen Komponenten: Sauerstoff, Wasserstoff, Nytrogenium, Kohlenstoff und weitere Grundstoffe in kleinen Mengen.«

Hakim fixierte den Meister; er war außerstande, den Blick vom Muttermal neben dem rechten Auge zu lösen.

»Ich will auf folgendes hinaus, Hakim«, begann der Meister von neuem. »Die Ingredienzen sind immer die gleichen. Der Unterschied liegt darin, wie wir sie nutzen. Jeder von uns ist für das Erschaffen seiner eigenen Welt verantwortlich. Die Welt, die wir erleben, ist das Produkt unserer eigenen Wahrnehmung, unserer eigenen Schöpfung.«

Nachdem er seine Weisheit verkündet hatte, gestattete sich der Meister ein Lächeln. Er öffnete seinen Handteller, um eine blaugrüne Kerze in Form einer Weltkugel zu zeigen. Der Meister wußte genau, daß die Magie den Jungen erregen würde. Er schloß die Hand wieder und legte den Arm ruckartig an seine Seite. Die Kerze erschien mit aufloderndem Docht auf dem Felsblock unmittelbar neben Hakim und dem Meister.

»Du kannst mir folgen?«

Hakim schüttelte den Kopf. »Wie kann ich eine Welt erschaffen, und Ihr eine andere, wenn wir alle in der gleichen Welt leben? Das versteh' ich nicht.«

Das Lächeln des Meisters wurde breiter: »Wo hört mein Körper auf und wo beginnt deiner, Hakim? Da wir aus der gleichen Substanz geschaffen sind, entsteht unsere jeweils andere Erfahrung der Welt durch die unterschiedliche Art, wie wir ihre Bestandteile wahrnehmen – was wir in unserem Bewußtsein aus ihnen machen. Indem wir unsere Überzeugungen und unsere Wahrnehmung ändern, bewirken wir eine Veränderung unserer Erfahrung. Und auf diese Weise verändern wir wiederum unsere Umwelt. Es gibt keine wirkliche Begrenzung oder Einschränkung des Selbst; es gibt keine Trennung von der Welt, die uns umgibt. Wenn wir unsere inneren Kräfte meistern, beeinflussen wir auch die Kräfte außerhalb.« Er grinste von einem Ohr zum andern. »Erkennst du die Chancen, die sich uns damit bieten, Hakim? Die Macht, die wir ausüben können?«

Hakim, den der Zauber der Stimme des Meisters noch immer gefangenhielt, nickte von neuem.

»Und nun hör mir bitte ganz aufmerksam zu«, sagte der Meister mit einem strengen Blick auf Hakim. »Denken und Fühlen zusammen bilden eine starke Kraft und setzen gewaltige Energien frei. Darin liegt ein kaum bekanntes Geheimnis von Macht. Was immer wir über den Kraftgewinn durch Aufmerksamkeit denken – er wächst mit dem Leben. Wenn wir einer Sache unsere Aufmerksamkeit entziehen, verliert sie an Macht und Bedeutung. Verstehst du jetzt, wie wir unsere eigene Welt erschaffen, indem wir unsere Wahrnehmung, unser Bewußtsein verändern? Worauf immer wir uns zu konzentrieren entscheiden – auf Mangel oder Reichtum, Stärkung oder Verarmung –, das ziehen wir an.«

Hakim war verwirrt. »Ich kann alles, was ich mir wünsche, haben, nur indem ich daran denke?«

»Nicht nur durch Denken, Hakim. Aufmerksamkeit ist wichtig, eine klare Absicht und Handeln sind jedoch ebenfalls notwendig. Du mußt wissen, was du willst, und bereit sein, aktiv zu werden, um es zu bekommen. Die Absicht orchestriert unendlich viele Einzelmomente, um deine Wünsche in die Realität umzusetzen. Die Absicht ist der Zauber, der durch Handeln aktiviert wird. Deshalb habe ich dich als meinen Schützling ausgewählt. Mein Sohn kann diesen Grundsatz nicht begreifen. Er ist faul und nicht bereit, auf irgendeinem Gebiet viel zu unternehmen.«

»Absicht, Aufmerksamkeit und Aktion sind die Mechanismen zur Erfüllung unserer Sehnsüchte. Wende diese Erkenntnis an, dann wird dir alles gehören, was du dir wünscht.« Der Meister setzte wieder sein süßliches Lächeln auf. »Ich habe dich dein Leben lang gekannt, Hakim. Wie andere Jungen in deinem Alter möchtest du die Freiheit genießen, du willst Macht, du willst Luxus, den man nur mit Geld kaufen kann. Das alles kannst du haben, Hakim. Alles, was du dir je gewünscht hast, und noch viel mehr.«

Hakim nickte. Er dachte über das Angebot des Meisters nach. Es reizte ihn, vom Meister zu lernen; er war begierig, die Geheimnisse des Weisen zu erfahren. Der liebenswürdige Tonfall des Meisters aber machte ihn mißtrauisch. Er konnte die Angst nicht beruhigen, die in ihm schwelte wie der Rauch von brennender Asche; eine Sorge und Befürchtung, die er nicht zu löschen vermochte, die ihn andererseits aber auch heftig störte.

Hakim wollte gerade antworten, als er merkte, daß die Luft um sie herum heller wurde. Auch der Meister hob den Blick. Der Kreis der Steine, der sie umgeben hatte, war verschwunden, und sie befanden sich plötzlich im Kerzenladen.

Der Meister saß wieder hinter seinem Schreibtisch. Von der Tür war lautes Klopfen zu hören. Beide schauten hin, um zu sehen, wer es wohl war – der Meister sichtlich irritiert, Hakim mit unschuldigem Staunen.

Durch das Fenster in der Tür spähte eine junge Frau herein. Ihre Gesichtszüge waren durch eine dunkle Kapuze verdeckt. Sie klopfte erneut mit einem Ring, der ihren Finger schmückte, an die Glasscheiben. Hakims Blick ruhte auf dem funkelnden grünen Smaragd, der sich wunderschön von ihrer leicht fahlen Haut abhob. Da war irgend etwas an diesem Ring, das Hakim an einen lang zurückliegenden Traum erinnerte. Es kam ihm so vor, als sei dieser Ring immer am Finger eines mystischen, liebenden Wesens erschienen, das ihm jedesmal Kraft und Trost spendete. Hakim hatte fast das Gefühl, beobachtet, beschützt, ja sogar zu den richtigen Entscheidungen geleitet zu werden.

Der Meister reagierte verärgert. Es gelang ihm dann aber doch noch, ein herzliches Lächeln hervorzubringen. Er rief laut: »Bedaure, liebe Frau, aber wir haben geschlossen.«

»Sag ihr, daß wir geschlossen haben, Junge«, wies er Hakim an. In dem Moment fiel ihm der Ring ins Auge; danach konnte er seine Verstörung nicht mehr verbergen.

Hakim bewegte sich auf die Eingangstür zu.
Der Meister schrie: »Ich bin mit dir noch nicht fertig.«
Er warf einen Blick zur Tür, wo die Frau weiterhin mit ihrem Ring an die Scheiben klopfte.
Hakim hatte die Tür fast erreicht.
»Junge! Ich bin noch nicht fertig! Ich habe dich noch nicht alles gelehrt, was du wissen mußt.«
Die Frau an der Tür lächelte dem Meister triumphierend zu, bevor sie sich liebevoll Hakim zuwandte. Sie wartete jedoch nicht auf ihn; bevor er die Tür erreicht hatte und aufschließen wollte, schlich sie sich davon. Als er öffnete, war sie fort. Die Straßen waren einsam und verlassen. Wo sie gestanden hatte, stand jetzt eine einzelne Kerze – eine durch und durch weiße Kerze, deren Stamm vom Schein der flackernden Flamme erleuchtet wurde.
Hakim betrachtete die Kerze einen Augenblick lang, dann streckte er seinen Arm aus, um sie anzufassen. Er wurde von einem plötzlichen Stoß überrascht, der ihn nach hinten warf. Dann füllte ein Grollen wie von fernem Donner seine Ohren. Er öffnete die Augen und sah, daß er einen Arm ausgestreckt hatte, um nach dem Vollmond zu greifen, der jetzt hoch oben am mitternächtlichen Himmel stand.
Hakim lag zusammengerollt auf dem Anhänger eines Lastwagens in voller Fahrt. Bevor er erneut die Augen schloß, schaute er noch einmal zum Mond hoch. *Er scheint wirklich gar nicht weit entfernt zu sein,* dachte Hakim, während er in die Welt seiner Träume zurückkehrte.

14

Stilles Meer

Hakim erwachte, als der Lastwagen bremste und anhielt. Der Stand der Sonne verriet ihm, daß er sehr lange geschlafen hatte. *Wo bin ich?* Er schaute aus dem Anhänger nach draußen und sah neben der Straße ein Dorf, wie er schon viele gesehen hatte; ungewöhnlich war nur das Fehlen von Lärm und geschäftigem Treiben.

Die Tür der Führerkabine des Lkw stand offen, doch das Radio lief nicht mehr. In der Stille fühlte sich Hakim völlig allein. Er schaute sich um, in der Hoffnung, irgendwo den Fahrer zu entdecken, sah jedoch niemanden.

Hakim kletterte vom Anhänger herunter und schaute die menschenleeren Straßen hinunter. Wie ein Friedhof wirkte das kleine Dorf auf ihn. In den Ästen eines Baumes raschelte eine leichte Brise. Dann fiel ihm ein scharfer Salzgeruch in der Luft auf. Als er daraufhin horchte, konnte er das rhythmische Aufschlagen der Wellen an der Küste hören.

Hakim wollte sich gerade auf den Weg zum Strand machen, als er in einem der verlassenen Gebäude eine Bewegung wahrnahm. *Das müßte der Lkw-Fahrer sein,* dachte er und war froh, doch nicht ganz allein zu sein. Nach ein paar Schritten erreichte er ein offenstehendes Gebäude und sah dort verstreut leere Container herumstehen. Drinnen hörte er das Klappern von losen Holzbrettern im Wind.

Von einem Hintereingang her erschien plötzlich eine Frau, die ins Zimmer taumelte und, als sie ihr Gleichgewicht zurückgewann, gegen einen der leeren Container stieß. Hakim und sie starrten sich einen Moment lang in einem verlegenen Schweigen an. Sie trug eine weiße, ausgebeulte Hose und ein loses weißes Top. Sie hatte helle Augen und ein gewinnendes Lächeln.

»Ha ... hallo«, stotterte sie.

»Hallo«, gab er zurück.

»Tut mir leid, wenn du hergekommen bist, um jemanden zu finden – sie sind alle fort.«

»Wohin sind sie denn gegangen?« fragte Hakim.

»In ein Nachbardorf ... fürs erste«, antwortete sie. »In ein oder zwei Tagen werden wir wohl weiterziehen und eine dauerhaftere Bleibe finden.«

»Und diesen Ort hier aufgeben?« fragte Hakim neugierig, ohne eigentlich zu wissen, wo dieser Ort lag.

»Das haben wir bereits getan«, erklärte sie mit einem leisen Kichern. »Ich bin nur noch einmal zurückgekommen, um ein paar Sachen zu holen.«

»Wo sind wir hier? Warum ist dieses Dorf verlassen worden?«

»Wir befinden uns an der Küste, ungefähr einhundert Kilometer von ... Aber du weißt doch, wo du dich befindest! Du bist doch gerade mit dem Lastwagen angekommen.« Sie deutete in die Richtung des Lastwagens, der draußen abgestellt war. »Die Fischer haben die Stadt verlassen, weil sie fischreichere Gewässer suchen.« Sie machte eine kurze Pause. »Da es hier jedoch, solange ich mich erinnern kann, außer der Fischerei nie ein anderes Gewerbe gegeben hat, bleibt dann eigentlich gar nichts mehr übrig.« Sie musterte Hakim. »Wir konnten uns nicht mehr ernähren. Die Leute haben gehungert.«

Hakim schaute sie ausdruckslos an. Er wußte nicht, was er darauf sagen sollte.

»Da kann man nichts machen, ehrlich. Eines Tages sind die Fische weg. So ist die Natur nun mal. Daran läßt sich nichts ändern.« Sie ließ ihn nicht aus den Augen.

Hakim hätte ihr gern erklärt, daß es vielleicht doch eine Möglichkeit gebe, die Situation zu verändern, fand jedoch nicht die richtigen Worte und blieb deshalb still.

Die Frau lächelte. »Es gibt hier nur noch einen alten Mann.« Sie wies mit dem Finger durch die Tür zum Ozean. »Er hat beschlossen zu bleiben. Er ist ein bißchen verrückt, aber er könnte dir beim Suchen helfen – wen auch immer du suchst.«

Hakim drehte sich um. Er wollte gehen.

»Heute abend feiern wir mit unseren Ältesten ein letztes Fest, um vom Dorf Abschied zu nehmen«, sagte sie. Hakim fragte sich, ob sie ihn wohl zu der Feier einladen würde, doch sie sagte kein einziges Wort mehr, sammelte nur weiterhin ihre auf dem Boden herumliegenden

Sachen auf und wollte durch die Tür, durch die sie gekommen war, wieder verschwinden.
»Ich heiße Hakim«, rief Hakim ihr nach.
Sie warf ihm über die Schulter ein Lächeln zu. »Und ich Maya.«

❖

Der alte Mann saß unter einer verwitterten Plane, die seinen ranken Körper vor der gleißenden Sonne schützte. Sein Rücken war leicht gebeugt. Die dürren Beine hingen über die Kante eines alten Holzdocks; er ließ sie baumeln wie ein Kind. Auf seinem kahlen Schädel glitzerten Schweißperlen.
Hakim näherte sich dem Alten mit Vorsicht; aber sobald er vor ihm stand, spürte er eine Ausstrahlung von Warmherzigkeit, die ihn einfach anzog. Das Gefühl von Bangigkeit wich.
Der Alte wandte sich Hakim zu und hieß ihn mit einem freundlichen, bescheidenen Lächeln willkommen. »Hallo, mein Junge. Setz dich, wenn du magst.« Er zeigte mit dem Finger auf den Platz neben ihm. »Hast du Lust, dich mal an der Angel zu versuchen?«
Der Alte warf seine Leine ins Meer. Das selbstgemachte Angelgerät wirkte zerbrechlich, ebenso die Angelschnur, die sich ins Wasser spannte. Hakim trat unruhig von einem Fuß auf den anderen. Sein Blick wanderte umher.
Sehr komisch, dachte Hakim. *Es gibt keinen Köder, keine*

Eimer oder Netze … und nicht ein einziges gefangenes Meeresgeschöpf.
Der Alte reichte ihm die Angel. Hakim nahm sie an, allerdings nur aus purer Höflichkeit. Und er begann sich schon zu fragen, was er bloß in einem verlassenen Dorf an der Seite eines alten Mannes zu suchen hatte, der mit Angel und Leine Fischfang im Meer betrieb. Da kamen ihm Mayas Worte wieder ins Bewußtsein. *Er ist ein bißchen verrückt, aber er könnte dir beim Suchen helfen – wen auch immer du suchst.*
Der alte Fischer lachte leise vor sich hin. »Ich soll dir also jemanden suchen helfen, den du bereits kennst. Habe ich recht?«
Das unmittelbare Eingehen des Alten auf seine innersten Gedanken warf Hakim aus der Bahn.
Der Alte kicherte. Über sein Gesicht breitete sich ein Lächeln der Unschuld. »Was könnte ich schon tun, um dir zu helfen? Wen könnte ich dir schon suchen helfen? Ich bin ein alter Mann.« Er nickte mit dem Kopf, als ob er sich selbst zustimmen wollte. »Ich bin bloß ein armer Fischer.«
»Aber wo bewahrt Ihr denn die Fische auf, die Ihr fangt?« unterbrach Hakim und schaute sich um, als ob er beweisen wollte, daß gar kein Gefäß vorhanden war.
»Oh nein, ich habe nie einen Fisch *gefangen*.« Der Alte sprach es mit größter Aufrichtigkeit aus.
Hakim war mehr als nur leicht verwirrt. »Und wie kommt ihr dazu, Euch dann als Fischer zu bezeichnen?«
Der alte Mann nahm Hakim die Angel aus den Händen

und warf die Schnur weit hinaus ins Wasser. Sein schelmisches Grinsen kehrte zurück. »Ich liebe den Ozean. Ich liebe es, hier mit der Angel zu sitzen.« Er zog sie ein wenig an. »Ich liebe es zu angeln, also bin ich Fischer.«
Hakim war nicht überzeugt. »Aber warum seid Ihr Fischer, wenn Ihr doch keine Fische fangt?«
»Warum muß ich Fische *fangen*, um Fischer sein zu können?«
Da wurde Hakim richtig neugierig. »Habt Ihr denn noch nie einen Fisch gegessen, den Ihr selber gefangen habt?«
Über das Gesicht des Alten breitete sich ein Lächeln, als ob ihm endlich eine Erleuchtung zuteil geworden wäre. »Das muß die Erklärung sein. Ich bin Vegetarier. Ich esse selbst keinen Fisch, aber deswegen kann ich trotzdem Fischer sein.« Es schien, als ob der Alte von irgendeiner plötzlichen Angst befreit wäre.
Hakim war von dem Alten fasziniert. Obwohl er ihn nicht wirklich verstand, fand er seine Erklärung doch befriedigend. *Könnte es sein, daß er einfach aus Liebe zum Angeln...*
Der Alte schaute ihn wohlwollend an. »Ja, der Grund, daß ich mich als Fischer bezeichne, ist die Liebe zum Angeln. Es gibt doch auch sicher etwas, das du gern machst?«
Dazu fiel Hakim nichts Besonderes ein. Er saß still und in Gedanken vertieft da. Der Alte sprach weiter.
»Nun denk mal gründlich nach, dann wirst du erkennen, was du besonders gern tust. Jeder von uns hat

einen besonderen Lebenssinn, eine ganz spezielle Begabung oder Gnade, mit der er anderen nützen kann; und du hast die Pflicht herauszufinden, was es in deinem Fall ist. Deine individuelle Begabung ist das Geschenk, das Gott dir gemacht hat. Was du aus deinem Talent machst, ist dein Geschenk an Gott.«

»Ich weiß nicht, was ich für ein besonderes Talent habe«, sagte Hakim leise. »Wißt Ihr, was es ist?«

Da wurde die Stimme des Alten ganz ruhig und fest. »Und wovon träumst du, Kind? Dein Herz weiß, was es ist. Du hast nur noch nicht auf die innere Stimme gehört, die dir sagt, was wahr ist.« Der alte Mann schenkte Hakim ein gütiges Lächeln.

»Ich habe davon geträumt, reich und mächtig zu sein. Ich habe geträumt, daß ich einen Vater und eine Mutter habe. Was kann ich tun, damit diese Träume wahr werden?«

Der Alte schwieg ein Weilchen, bevor er antwortete: »An dich selbst glauben, Kind. Du mußt an deine Träume glauben und sie mit Liebe im Herzen verfolgen. Der Schlüssel zum Magischen und Geheimnisvollen ist die Liebe. Sie ist eine gewaltige Kraft. Wenn du liebst, werden deine Träume dich finden. Doch zuallererst mußt du an die Liebe glauben, und du mußt an Magie glauben; sonst bindest du dich an das Reich des Gewöhnlichen und Banalen. Das Banale ist der Teufel deines Daseins, mein Kind.« Er betrachtete Hakim mit tiefer Zuneigung.

Der Alte hatte Hakim im Innersten berührt. Hakim

begann sich plötzlich an seinen Traum der letzten Nacht zu erinnern. Das Bild des Meisters, der ihn über die Geheimnisse des Weges zur Macht belehrte, kehrte ihm ins Gedächtnis zurück. Vage Erinnerungen kamen und verschwanden wieder aus seinem Bewußtsein: der warme Kerzenschein, der Klang eines Glockenspiels im Wind, der abwärtsführende Pfad, das Angebot des Meisters, das Funklen eines grünen Smaragds ...

Der Alte unterbrach Hakims Grübeln. »Was deinen letzten Lehrer betrifft, diesen unangenehmen Kerl« – bei seiner Erwähnung zuckte der Alte zusammen –, »so ist einiges von dem, was er dir gesagt hat, wohl wahr. Er hat dir aber nicht die ganze Wahrheit gesagt.«

Hakim überlegte, ob der Alte Gedanken zu lesen vermochte. *Er kann doch nur den Meister meinen.*

»Ja, den meine ich.« Der Alte nickte. »Er hat dir nämlich nicht gesagt, daß die wahrhaft Glücklichen das tun, was sie persönlich gern tun möchten, während sie gleichzeitig anderen Menschen dienen. Dann wird ihnen Reichtum in vielfältigen Formen zuteil... Die Finsternis lauert dir in jeder Ecke auf, um dich in Versuchung zu führen. Aber du darfst Macht und Reichtum nicht allein mit Rang und Geld verwechseln.«

Der Alte kicherte und sah Hakim tief in die Augen. »Wahrhaft reich wirst du durch die Freude, die dir zuteil wird, wenn du deine besondere Begabung anderen weiterschenkst. Wahrhaft mächtig wirst du durch ein Herz voller Liebe – Liebe zu dir selbst, zu Gott, zu allen lebenden und nichtbelebten Dingen, zum Leben an sich.

Ich will dir eine Geschichte erzählen.« Die Stimme des Fischers wechselte den Tonfall. Seine spielerische Miene wurde vorübergehend ernst. »Ich bin nicht nur ein Fischer, sondern auch ein Geschichtenerzähler, und diese Geschichte erzähle ich mit besonderer Freude.
Es war einmal ein weiser, alter Mann, der zum Teetrinken bei seiner Schwester Tag für Tag über den gleichen ungepflasterten Weg ging. Er achtete darauf, die zackigen Steine zu umgehen, die in seine nackten Füße schneiden und ihn am Weiterlaufen hindern könnten.
Und Tag für Tag machte sich zur gleichen Zeit in umgekehrter Richtung ein jüngerer Mann auf den gleichen Weg, der die gefährliche Strecke in seinen Luxuslederschuhen rasch zurücklegte. Auf diese Weise begegneten die beiden Männer einander täglich.
Eines Tages lag an der Stelle, wo die beiden sich gewöhnlich trafen, ein Skorpion auf dem Rücken, der außerstande war, sich wieder herumzudrehen. Der junge Mann sah, wie der Ältere sich bückte und dem Tier auf die Beine half, damit es weiterlaufen konnte. Und genau in dem Augenblick, als der Alte den Skorpion herumdrehte, biß der ihn in den Handrücken. Der Anblick beunruhigte den jungen Mann, er stürzte vor und zertrat das kleine Tier mit dem Fuß. Dann beschimpfte er den Alten. ›Ich kann Euch nicht verstehen! Seid Ihr närrisch geworden? Warum faßt Ihr einen Skorpion an, obwohl Ihr doch wißt, daß er Euch beißen wird?‹ Der Alte betrachtete voller Trauer zuerst das sterbende Geschöpf und anschließend den Mann. ›Und ich kann

Euch nicht verstehen. Denn genauso wie es in der Natur des Skorpions liegt zu beißen, so besteht unser Wesen darin zu lieben.‹«

Der Alte brach ab und blickte hinaus aufs Meer. Hakim, der dem Fischer aufmerksam zugehört hatte, fragte leise: »Und was ist mein Wesen?«

»Genau das mußt du entscheiden, Kind. Der Weg der Liebe ist eine Entscheidung, die du von Augenblick zu Augenblick triffst.« Er sagte es sanft und zärtlich.

Hakim wandte sich dem Fischer zu. Er nahm ihn jetzt zum ersten Mal gründlich wahr. Trotz seines hohen Alters wirkte der Fischer mit seinem Kichern und Lächeln eher wie ein Kind. In seinem Inneren schien ein unerschöpflicher Quell von Jugend zu sprudeln, dessen Frische sich auf alles um ihn herum übertrug und von dessen Kraft Hakim sich allmählich durchdrungen fühlte; sie erfüllte sein Bewußtsein mit einem Gefühl von Glückseligkeit.

Die Stimme des Alten, dieses Fischers, der nie einen Fisch fing und gern Geschichten erzählte, hatte etwas seltsam Beruhigendes an sich. Hakim spürte, wie ihm das Herz aufging, als ihm bewußt wurde, was das war. Es war *Liebe* ...

»Nennt man Euch den Weisen?« fragte Hakim leise.

»Ich bin sehr, sehr weise.« Der Alte begann kopfschüttelnd zu lachen. »Ich habe in meinem Leben wirklich viel erlebt. Aber ich bin nicht der Weise, den du suchst. Der Weise, den du suchst, ist immer bei dir gewesen, er war stets an deiner Seite.« Der Alte klopfte Hakim auf die

Schulter. »Du hast es nicht sehen wollen, aber das ist nicht deine Schuld. Die Weisheit sprudelt nicht aus einem einzigen Brunnen. Alles wird sein Geheimnis enthüllen, wenn du es nur ausreichend liebst. Such in deinem eigenen Herzen nach Weisheit, Kind. Du selbst bist Schöpfer von Wundern, wenn du an das Magische glaubst.«

Der alte Mann schwieg. Er hob den Kopf und schaute in den Sonnenuntergang, als ob er die Weisheit in sich aufnehmen wollte, die ihr Licht ausstrahlte. Er schaute aufs Meer, als ob er eine alte Handschrift entziffern wollte, die tief unter der Oberfläche begraben lag. Er spitzte die Ohren, als ob er auf das Flüstern und die Geheimnisse lauschte, die der Wind aus fernen Ländern herübertrug.

Der Alte ist in das Leben verliebt, dachte Hakim, als sein Blick auf den Ozean hinauswanderte und nach der fließenden Stelle suchte, wo der Himmel das Meer umarmt. Das Wasser war in einen prächtigen Ton von strahlendem Orangerot übergegangen, der sich der untergehenden Sonne anglich.

Der alte Mann erhob sich langsam von seinem Sitz. »Es ist höchste Zeit, daß du einen Fisch fängst.« Kichernd stand er da und streckte die wunden Beine.

»Ich habe einmal eine Geschichte von einem Mann gehört«, sagte der Alte zu Hakim mit einem Funkeln in den Augen, »der fünftausend Fische fing und ein ganzes Dorf ernährte.« Er hob die Augenbrauen, als ob die Vorstellung einer solchen Leistung ihn beeindruckte. »Glaubst du, daß ich so viele Fische fangen könnte? *Du* könntest es, glaube ich, weil du so jung und stark bist.«

Hakim wollte antworten, der Alte schnitt ihm jedoch das Wort ab. »Weißt du, unsere Träume sind dazu da, wahr zu werden. Was hätte es für einen Sinn zu träumen, wenn wir unsere Träume nicht verwirklichen könnten?«
Plötzlich fuhr ein Ruck in die Angelleine, und sie spannte sich zu einem Bogen. Über das Gesicht des Alten breitete sich ein Lächeln. Er gab Hakim die Rute, der sie zu seiner eigenen Verwunderung annahm.
»Zieh sie ein, mein Junge«, sagte der Alte glücklich.
Hakim zog an der Leine, bis schließlich ein zappelnder Fisch aus dem Meer herauskam und neben ihn auf den Boden fiel. Hakim, der in seinem Leben noch nie geangelt hatte, war ganz außer sich vor Aufregung.
Der Alte sah Hakim an. »Und nun wirf ihn zurück ins Wasser«, befahl er.
Hakim war so verblüfft, daß seine Miene sich unwillkürlich verzog. Er war überzeugt, den Alten nicht richtig verstanden zu haben.
»Mach schon, wirf ihn zurück«, wiederholte der Alte mit Nachdruck.
»Aber wieso denn?« wollte Hakim wissen.
Der Alte bedachte ihn mit einem Blick voller Autorität, so wie wohl ein Vater seinen Sohn angeschaut hätte.
Hakim warf den silbern glänzenden Fisch zurück ins Wasser und schaute zu, wie er mit neuem Leben davonglitt.
»Wir brauchen keine Trophäen, um unseren Wert zu begründen«, hob der Alte an. »Ich nicht, weil ich Vegetarier bin, und du wirst keinen stinkenden Fisch mit dir

herumschleppen wollen.« Der alte Mann lachte leise vor sich hin.
Hakim dachte an Maya und die Leute im Dorf. »Und was ist mit den Menschen, die den Fisch wirklich brauchen könnten?«
»Es gibt genug Fische, um sie zu ernähren«, antwortete der Alte. »Wir müssen nur auf die rechte Art und Weise bitten lernen. Als erstes pflanzen wir den Samen unseres Verlangens in den fruchtbaren Ozean, dann müssen wir von unserem Verlangen voll und ganz überzeugt sein und daran glauben, daß der Ozean unser Verlangen erfüllt.« Er deutete auf die Weite des dunkelblauen Wassers vor ihnen.
Der Alte ließ ihn stehen und ging davon, doch Hakim folgte ihm.
»Sie warten auf dich, Kind.«
Hakim verstand nicht, von wem der Alte sprach.
»Weißt du, was *Maya* auf Sanskrit bedeutet?« Der Alte sprach plötzlich im Flüsterton, so als ob er ihm ein wichtiges Geheimnis anvertraute.
Hakim schüttelte den Kopf.
»Weltliche Illusion. Maya ist die Illusion, daß wir in einer materiellen Wirklichkeit leben. Maya ist die Maske der Materie, die den Geist verbirgt.« Kichernd machte der Alte sich auf den Weg.

❖

Hakim blieb grübelnd stehen. *Als erstes pflanzen wir den Samen unseres Verlangens in den fruchtbaren Ozean, dann müssen wir von unserem Verlangen voll und ganz überzeugt sein* ... Die Worte klangen ihm irgendwie vertraut. Er dachte an das Dorf und an die Menschen, die es würden aufgeben müssen. Hakim wünschte sich von ganzem Herzen, ihnen helfen zu können.

Kaum war ihm dieser Gedanke gekommen, als das Läuten von Glocken seine Aufmerksamkeit weckte. Aus der Ferne drang Gesang herüber. Die von Maya erwähnte Feier war in vollem Gange; die Dorfbewohner nahmen Abschied von ihrer Heimat.

Hakim lief ins Dorf, schloß sich der Menge an und war auf der Suche nach Maya, als er plötzlich einen Schrei vernahm. Er drehte sich um und sah einen Jungen, der nicht größer war als er selbst und auf dem Weg vom Dock her gelaufen kam. In der einen Hand hielt er eine Angelrute, in der anderen einen blitzenden Zinneimer. Die Worte des Jungen waren unverständlich. Als er sich der Menschenmenge näherte, wurde er von einem der Dorfältesten angehalten.

»Was ist das?« fragte der Älteste.

Der Junge ließ die Angelrute fallen und zeigte mit dem Finger auf den Eimer. Hakim schaute hin. Der Eimer war voll mit glitschignassen, silbrigen Fischen von der gleichen Art wie der, den er selbst zuvor gefangen hatte. Dem Ältesten verschlug es vor Staunen genauso die Sprache wie den übrigen Dorfbewohnern, die herbeirannten und sich um den Jungen versammelten.

»Es gibt Hunderte, Tausende«, schrie der Junge, der sich in seiner Erregung kaum beherrschen konnte.

»Wo?« fragte der Älteste.

»Unten am Dock«, erwiderte der Junge rasch. »Kommt!« Er kehrte um, ließ seinen Eimer fallen und forderte die Leute mit einer Handbewegung auf, ihm zu folgen. »Das Meer ist voller Fische!«

Die Dorfbewohner liefen ihm nach. Als sie das Dock erreichten, sah Hakim, der sich dich hinter ihnen gehalten hatte, daß der Junge genau dort stand, wo Hakim mit dem alten Fischer gesessen hatte. Der Junge deutete auf die Stelle, wo Hakim zuvor den Fisch ins Meer zurückgeworfen hatte.

Der Dorfälteste schien es nicht glauben zu wollen.

Hakim begab sich an den Rand der Holzplanken und schaute ins Wasser hinunter. Die Leute brachen in Jubel aus.

»Es sind echte Fische«, rief einer und rieb sich die Augen, wie um sicherzugehen, daß er sich bei dem Anblick nicht getäuscht hatte.

»Es ist ein Wunder geschehen«, schrie eine alte Frau. Dann reckte sie die Hände zum Himmel und begann zum Ruhm der göttlichen Gnade zu singen.

Hakim schaute noch einmal ins Wasser. Die ganze Meeresoberfläche war silbern. *Das sind Millionen Fische,* dachte er.

Hakim beobachtete es in stiller Verwunderung. Niemand nahm von ihm Notiz; die Leute befanden sich in einem Freudentaumel über das Geschenk neuen Lebens für das Dorf. Und als Hakim sie so jubeln sah, da tat auch sein Herz einen Freudensprung. Es war in seinem Leben das erste Mal, daß er an einem außergewöhnlichen Ereignis teilhatte. Denn obwohl er sich nicht erklären konnte, wie es geschehen war, wußte er doch genau, daß er bei der Erweckung des Dorfes zu neuem Leben eine wichtige Rolle gespielt hatte.

Hakim spürte, daß er beobachtet wurde, und als er sich umdrehte, erkannte er in weiter Ferne die Gestalt des alten Fischers mit der zerbrechlichen Angelrute in der Hand, dessen Blick auf ihm ruhte. Und in diesem Augenblick fiel Hakim auch zum ersten Mal das grüne Funkeln eines Ringes an seinem Finger auf.

In seinem Innern hörte er den Widerhall einer Stimme: *Glaube an deine Träume. Ich werde immer bei dir sein.* Er kniff die Augen zusammen und spähte in die Ferne, wo gerade noch der Fischer gestanden hatte. Der Alte war nicht mehr da.

15

Auftakt zur Nacht

Hakim verließ das winzige Dorf, als die Feier ihren Höhepunkt erreichte. Nachdem nun seine Suche nach dem Weisen beendet war, war er bereit, zur Großstadt zurückzukehren, wo seine Reise begonnen hatte. Er wußte jetzt, daß seine Bestimmung auf ihn wartete – wahrscheinlich sogar an einer Straßenecke, wo er bereits tausendmal vorübergegangen war. So viel hatte er immerhin begriffen: Daß Weisheit in allem und jedem, in jeder Ecke und Ritze der Welt existiert.

Mitternacht war längst vorbei, und der Vollmond stand hoch oben am Himmel. Die Straßen lagen leer und verlassen. Hakim beschloß, sich zum Bahnhof aufzumachen, wo er sich in einen Zug Richtung Großstadt schleichen könnte.

Hakim hatte sich schon unzählige Male in den überfüllten Zügen versteckt, bis er unbemerkt auf die Dächer der Waggons schlüpfen konnte, wo das Gepäck verstaut war. Dort vergrub er sich dann zwischen Taschen und Säcken, die oft größer waren als er, und reiste gratis mit. Die Schaffner wußten, daß er sich dort befand, neben Dutzenden anderer Jungen; sie hielten es aber für besser, die Jungen auf dem Dach mitfahren zu lassen als in den Abteilen, wo sie möglicherweise Unruhe stifteten.

Auf dem Bahnhof herrschte selbst zu dieser nächtlichen Stunde ein reges Leben. Ein Zug fuhr ein; Hakim schleuste sich ein und beobachtete im Licht des Mondes, wie andere sich auf dem Dach zu ihm gesellten und warme, behagliche Ruhelager suchten.

Hakim lehnte den Kopf zurück und ließ ihn auf einem der weichen Säcke ruhen. Er schaute in den immensen Nachthimmel hinauf, wo Silberpünktchen im Mondschein hingen. Er hätte gern über alles nachgedacht, was er erlebt und erfahren hatte, doch er war müde und brauchte Schlaf.

»So trifft man sich wieder«, sagte eine Stimme mit einer ihm vertrauten Munterkeit. »Schön, dich zu sehen, Hakim.«

Hakim hob den Kopf und erkannte das angenehme Gesicht und Lächeln des Zauberers Maloney, der über das Dach des Zuges auf ihn zukam.

»Darf ich mich zu dir setzen?« Maloney deutete auf den Platz neben Hakim.

Hakim rückte für seinen Freund zur Seite.

»Zeit heimzukehren, wie?« sagte Maloney. »Andererseits sind Menschen wie du und ich selbstverständlich immer dort zu Hause, wo wir uns in dem Moment gerade befinden. Meinst du nicht auch?« Er ließ ein unterdrücktes Lachen hören.

Der Zug setzte sich nach einem schrillen Pfiff ruckartig in Bewegung.

»Sag, hast du den Weisen, den du suchtest, gefunden?« Maloney hielt den Blick auf den Mond gerichtet.
Hakim wußte nicht, was er antworten sollte.
»Keine Sorge. Du hast sicherlich eine große Reise hinter dir – eine magische Reise. Aber sind denn nicht alle Reisen magisch?« Als Hakim ihm mit einem Kopfnicken zustimmte, zeigte Maloney ein zufriedenes Lächeln.
»Ich will dir sagen, wie wir uns die Zeit vertreiben können, mein Freund«, sagte Maloney voller Begeisterung. »Bis wir die Großstadt erreichen, erzählst du mir alles über deine Reisen, ja?«
Hakim dachte kurz nach; er wußte nicht, wo er anfangen sollte. Maloney spornte ihn an. »Also, hast du dein *Selbst* gefunden, wie ich es dir geraten hatte?« Er zog etwas aus der Tasche seines Gewandes. Die Universumskarte aus dem Tarockspiel. Hakim schaute hin, begriff und grinste.
»Es gibt nur eine Macht, die alles erschafft. Ich bin ein Teil von allem und jedem. Das Universum ist eine Erweiterung meiner selbst.« Hakim machte eine allumfassende Geste in Richtung der Menschen ringsum, die sich leise unterhielten.
Maloney lächelte. »Du hast vollkommen recht«, sagte er. »Wenn du das einmal verstanden hast, wenn du wahrhaft verstehst, wer du bist, wirst du dich nie allein fühlen.«
Als Maloney erneut eine Karte aus dem Hut zog, war Hakim sich nicht sicher, welche Karte es war.
»Die Stille macht es mir möglich zu hören, was mein

Herz mir sagt. Wenn ich ganz still bin, kann ich meinem Herzen zuhören und der inneren Weisheit folgen.«
Hakim senkte den Blick auf seinen Schoß, in den eine weitere Karte Maloneys gefallen war. Er drehte sie herum: Streitwagen.
»Ich habe eine Reise gemacht, um die Geheimnisse des Weisen zu entdecken, doch was ich erfahren habe, brachte mich wieder zurück zu mir selbst. Ich habe gelernt, daß jeder von uns eine besondere Gabe hat und sie besitzt, um sie an andere weiterzugeben, und daß wir unsere eigenen Lebensträume erfüllen, indem wir das, was uns geschenkt wurde, weiterschenken.« Hakim strahlte.
Der Zug verlangsamte die Fahrt. Er rackerte sich einen Hügel hinauf. Hakim lehnte sich zurück, gegen das Bündel. Er dachte an die Dorfbewohner, die er gerade verlassen hatte. Er dachte an den Fischer und seine Liebe fürs Fischen. Maloney zog eine weitere Karte aus seiner Tasche, steckte sie jedoch schnell wieder weg. Er wollte hören, was Hakim ohne das Stichwort einer Karte sagen würde.
»Der Weg zu höchster Macht ist der Weg der Liebe.« Hakim fühlte sich seiner Worte sicher. Maloneys erstaunte Reaktion ermutigte ihn, und er fuhr fort. »Die leidenschaftliche Liebe zum Leben und die mitfühlende Liebe für alles und jeden.«
»Du hast die größte Lektion überhaupt gelernt«, bemerkte Maloney ruhig.
Inzwischen brauste der Zug durch die mitternächtliche

Luft. Über allem lag der Silberglanz des Mondes. Hakim betrachtete Maloney. Im Mondschein wirkte sein weißes Haar beinahe phosphoreszierend.
Hakim dachte einen Augenblick lang nach. Er verstand die Bedeutung von Liebe und Mitgefühl; aber er mußte an all die schrecklichen Dinge denken, die er in der großen Stadt miterlebt und beobachtet hatte: die Habgier, die Bosheit, das Unglück.
»Und was ist mit den schlimmen Dingen in der Welt?«
Er nahm an, daß Maloney wußte, wovon er sprach.
»Warum sind manche Menschen so schrecklich gemein und grausam?«
Es dauerte eine Weile, bis Maloney zu reden begann.
»Das ist das entscheidende Stück des Puzzles, Hakim.«
Er hob den Arm und zeigte auf die Frau, die neben ihnen lag. »Meine Freundin hier ist eine Schlangenbeschwörerin. Du siehst ihre Tasche?«
Hakim schaute zu einem braunen Jutesack hinüber, der kaum mehr als einen halben Meter von seinen Beinen entfernt lag. Und tatsächlich, drinnen zeigte sich eine langsame Bewegung.
»Die Schlange, die sie da bei sich hat, enthält ein Gift, das dich augenblicklich töten kann. Mit der Gier, dem Neid und der Bosheit im menschlichen Herzen ist es wie mit diesem Gift, Hakim. Es gibt keinerlei Möglichkeit vorherzusehen, ob diese Schlange beißen wird; es ist aber trotzdem möglich zu verhindern, daß man gebissen wird.
Wenn die Schlangenbeschwörerin die Schlange aus

dem Sack herausholt und für sich tanzen läßt, weiß sie, wie sie mit ihr umgehen muß. Sie versteht ihre Natur. Die Schlange wird nicht beißen, außer sie fühlt sich bedroht. Und so ist es auch mit den Menschen, Hakim, nur daß unser Handeln und Tun weniger vorhersehbar ist. Wir alle tragen in uns ein tödliches Gift. Wir stoßen zu, wenn wir Angst haben, und vergiften andere mit unseren Gedanken und Taten. Es ist die Angst, die das Gift erzeugt; es ist die Angst, vor der wir uns hüten müssen. Die Angst im Herzen der anderen entzieht sich unserem Einfluß, doch ihr Gift können wir meiden, indem wir unsere eigenen ängstlichen Gedanken unter Kontrolle haben.«

Hakim klangen wieder die Worte Lamias im Ohr: *Du hast die Wahl, und mit dieser Wahl hast du dein Schicksal selbst in der Hand.* Maloneys Stimme und die rhythmische Bewegung des Zuges wiegten Hakim in den Schlaf. Obwohl er unbedingt wachbleiben wollte, fielen ihm immer wieder die Augen zu. Er spürte, daß Maloney aufgestanden und fortgegangen war. Er öffnete die Augen gerade noch rechtzeitig, um zu sehen, wie Maloneys weißhaariges Haupt auf der seitlichen Leiter des Zuges verschwand.

Hakim lauschte dem Heulen des vorbeibrausenden Windes, als der Zug durchs Land schoß. Er begann den Rhythmus des Zuges als den Rhythmus allen Lebens ringsum zu empfinden. Einen Augenblick lang fühlte er nichts, nur die Stille des Bewußtseins. Er war nirgends und überall zugleich; er verstand auf einmal – zum ersten Mal – die Welt. Es gab keine Vergangenheit voll Trauer, Leid und Einsamkeit. Es gab keine Zukunft voller Verheißung und Hoffnung. Es gab nur den gegenwärtigen Augenblick. Es gab nur eine Macht – ein strahlendes Licht, eine freimachende Energie, die durch alles flutete und pulsierte.

Hakim schwebte in höchsten Höhen. Er sah alles, fühlte alles. Er war frei, grenzenlos frei. Er betrachtete und erlebte, wie sich um ihn herum das Drama der Welt entfaltete. Er war es, der das Drama schrieb, der in ihm eine Rolle spielte, der Regie führte. Er war der heilige Mann, der in der Ecke saß und Mantren sang, und der Dieb, der neben ihm kauerte. Er war der Vater und der Sohn, die ihm gegenüber saßen. Er war die Schlangenbeschwörerin und die Schlange, das Gift und das Heilelixier. Er war das Gebirge im Schleier violetten Lichts. Er war der Mond und die leuchtenden Sterne, die grünen Reisfelder und der rote Wüstensand. In diesem Augenblick, als Hakim sich selbst ganz verlor, entdeckte er, wer er wirklich war.

❖

Hakim hatte keine Ahnung, wie lange er mit geschlossenen Augen dagesessen hatte, als er das Wehen einer leichten Brise an der Wange spürte. Er öffnete die Augen und stellte zu seiner großen Überraschung fest, daß ihm eine Frau gegenübersaß.

»Willkommen daheim, mein Kind.« Sie hatte eine weiche, freundliche Stimme.

Wie schön wäre es doch, ein Zuhause zu haben, dachte Hakim, sagte sich dann aber, daß ihre Worte etwas anderes bedeuten mußten.
Ich glaube, ich träume, dachte er, während er die Frau genau beobachtete. Sie trug ein schlichtes grünes Tuch um den Kopf, das ihr majestätisch auf die Schultern herabfiel. Sie hatte ein längliches Gesicht und feingeschnittene Züge. Sie war unbeschreiblich schön. Das Licht, das von ihren schmalen Schultern ausstrahlte, erhellte den Umkreis. Hakims Blick wanderte zu ihren Händen; er rechnete damit, an ihrem Finger einen grünen Stein zu entdecken. Die Frau lächelte über seinen unschuldigen Irrtum. Als er den Blick senkte, entdeckte er den Ring an seinem eigenen Finger.

❖

Hakim öffnete die Augen und schaute sich um. Die übrigen Reisenden waren ruhig und still. Einige lagen in tiefem Schlaf. Auf der Leiter zum Waggondach sah Hakim eine Gestalt hochsteigen; groß und schlank war sie und bewegte sich langsam über die Gepäcksäcke und schlafenden Leute auf Hakim zu.
Hakim verfolgte sie aufmerksam und ohne Furcht. Die Gestalt trat vor ihn, sie verdeckte den Mond und warf einen Schatten auf die Stelle, wo vorher nur weißes Licht gewesen war. Der Mann nahm die Kapuze vom Kopf. Hakim erkannte den Meister und reagierte so ruhig, als ob er gewußt hätte, daß er erscheinen würde.

»Ich habe dich gesucht, Hakim! Ich habe dir etwas Wichtiges mitzuteilen.« Der Meister war sichtlich froh, den Jungen gefunden zu haben.
»Verschwindet.« Hakim sagte es leise, aber bestimmt.
Über das Gesicht des Meisters huschte ein ganz merkwürdiger Ausdruck, bei dem der Schnurrbart zuckte. Er versuchte es noch einmal. »Ich möchte dir ein Angebot machen. Ein Angebot, von dem ich genau weiß, daß es dich –«
»Ich werde nicht für Euch arbeiten. Verschwindet.« Hakim schnitt ihm das Wort mit einer Sicherheit ab, die ihn selbst erstaunte.
Der Meister gab sich nicht geschlagen. »Na schön, mein Junge, wenn du lieber auf der Straße verhungern oder für den Rest deines Lebens andere Leute bestehlen willst. Aber wenn dich der Hunger wieder einmal quält, wirst du es dir bestimmt überlegen. In dem Fall weißt du ja, wo ich zu finden bin.«
Der Meister musterte Hakim mit einem prüfenden Blick. Bei dem Jungen hatte sich irgend etwas geändert. Er sah irgendwie anders aus. *Es ist der Ausdruck seiner Augen.* Der Meister besaß großes Geschick im Beurteilen anderer Menschen. Er begriff, daß er in diesem Augenblick machtlos und Hakim durch nichts zu überreden war. Der Meister nickte mit dem Kopf und wandte sich ab. Hakim sah seiner dunklen Gestalt nach, als sie die Leiter hinabstieg und im Inneren des Zuges verschwand.
Hakim empfand ein geradezu überwältigendes Gefühl

der Erleichterung. Ihm raste noch immer das Herz, aber Triumph und Freude nahmen überhand. Sein Blick fiel auf die Karte in seinem Schoß.

Universum. Er steckte sie in die Tasche, um sie sicher aufzubewahren. Just in diesem Moment gellte, wie um Hakims Freude laut Ausdruck zu verleihen, das Pfeifen des Zuges durch die Luft. Aus der Lokomotive wallten Rauchwolken und stiegen himmelwärts zum Mond. In der Ferne vor ihnen glomm der erste Schein von den Lichtern der Großstadt, der sie entgegeneilten.

Hakim lächelte mit einer Zufriedenheit, die er vorher nie gekannt hatte. Als Waisenkind hatte er die Stadt verlassen; als ihr Sohn kehrte er nun zurück.

16

Kind der Morgenröte

Es begann gerade zu dämmern, als der Zug langsam im Hauptbahnhof einfuhr, kurz ruckte, dann zum Stehen kam und ein Pfeifsignal ausstieß, um zu verkünden, daß er seinen Zielort erreicht hatte. Und mit dem Zug kam sofort Leben in den stillen Bahnhof. Von allen Seiten stürmten Gepäckträger heran und beluden sich Kopf und Schultern mit schweren Säcken. Aus dem Zug kamen gähnende Passagiere, die die steifen Muskeln streckten.

Hakim stieg vom Dach herunter und lenkte seine Schritte bereits zur Eingangshalle, als er Maloney wahrnahm.

»Willkommen zu Hause.« Maloney lächelte freundlich, seine Augen funkelten.

»Danke«, sagte Hakim.

»Also, mein Freund, diese Reise ist nun zu Ende, doch eine neue beginnt.«

Hakim dachte an all die Menschen, die ihm unterwegs begegnet waren. Wie Maloney würden auch sie für immer ein Teil von ihm sein; ihnen würde ein ganz besonderer Platz in seinem Herzen gehören. Maloney streckte die Hand aus und nahm Hakim liebevoll in die

Arme. Es war beiden klar, daß sie nicht zum letzten Mal beisammen sein würden.
Hakim machte sich auf den Weg zum Hauptausgang des Bahnhofs. Es war ein wunderschönes Gebäude, bei dem englischer Kolonialstil und indische Architektur eine gelungene Verbindung eingegangen waren. Die Uhr über dem monumentalen Eingangsbogen zeigte fast halb sieben. Hakim trat ins Freie und schaute auf die Straßen hinaus. Er sah die Stadt im schwachen Licht der frühen Dämmerung erwachen; es war ein Bild wie eine perfekt einstudierte Choreographie.
Ein alter Mann saß neben einem Fahrrad und zog eine Kette durch die Speichen des Rads. Das Klappern der Kette hallte von einer Steinmauer wider und verschmolz mit den Morgengebeten einer Frau, die über ihm auf einem Balkon kniete. Die Frau erhob sich; sie bewegte sich sehr anmutig – nur das Geklimper des dünnen Silberschmucks ihrer Knöchel war zu hören.
Hakim betrat die Straße, die aus dem Bahnhofstor führte. Ein Straßenhändler sauste mit einer Karre voller Flitterkram und Souvenirs vorbei, die er eintreffenden Touristen verkaufen wollte. Hakim hatte ein warmes Lächeln für den Mann und für die ganze Welt ringsum, die nun wieder ein Teil seines Lebens geworden war. *Hier scheint alles so anders*, dachte er. Wie von der Luft und dem Licht eines neuen Tages verändert, kam die Stadt ihm beinahe fremd und neu vor. Er fragte sich, was da bloß so anders geworden sein konnte. Er betrachtete die umliegende Stadt. Auf den Dächern der

Gebäude begannen Schimmer von Licht zu tanzen. Von gelegentlich vorbeifahrenden Autos abgesehen waren die Straßen leer. Die Luft war kühl. Es duftete nach Morgen.

Ein paar Häuser weiter machte Hakim in der geschützten Ecke eines Hauseingangs eine einsam zusammengekauerte Gestalt aus. Hakim kam näher; es war ein Junge, der soeben aufwachte. Er hatte dort auf der Erde geschlafen. Seine Kleider waren dreckig und zerlumpt. Der Junge spürte Hakim herankommen und wandte sich ihm zu. Hakim hockte sich neben das junge verwaiste Straßenkind.

»Wer bist du?« fragte der Junge unschuldig.

»Ich heiße Hakim.« Hakim griff sich mit beiden Händen in den Nacken und löste den Verschluß der Glimmerquarzkette, die ihm Devi geschenkt hatte. Er nahm sie ab und hielt sie in den Händen. Er dachte an die Weisheit, die Devi ihm anvertraut hatte. *Schenken ist das Instrument, durch welches das Leben singt.*

»Diese Kette ist das Geschenk einer Freundin. Hier, ich möchte, daß sie dir gehört.« Hakim legte dem Jungen das Perlenhalsband in die Hände.

Der Junge nahm das Geschenk mit einem Ausdruck verwirrten Staunens entgegen.

»Komm.« Hakim streckte die Hand aus und berührte den Jungen an der Schulter. »Es gibt noch etwas anderes, das ich gerne mit dir teilen würde. Es ist die Geschichte von einem Weisen und seinen Geheimnissen zur Erlangung von Reichtum und Glück.«

Die Augen des Jungen wurden groß vor Neugier, als er aufstand und sich neben Hakim stellte.
»Sieh« – Hakim schaute den Jungen mit strahlenden Augen an –, »es war einmal ein alter weiser Mann, der mich in das Geheimnis einweihte, wie man reich und glücklich wird. Möchtest du hören, was er mir gesagt hat?«
Der Junge nickte mit dem Kopf und starrte Hakim wortlos an.
Hakim sah dem Jungen offen in die Augen. »Jeder von uns hat eine besondere Begabung, damit er anderen Menschen helfen kann. Wenn du auf die Weisheit deines Herzens hörst, wirst du erkennen, was sie ist. Das Geheimnis des Glücklichseins liegt darin, deine besondere Begabung zu nutzen. Das Geheimnis des Reichtums liegt darin, deine besondere Begabung anderen zu schenken.«
Langsam ging die Sonne auf; sie stieg höher und höher und breitete ihre Wärme über das Land. Am orangepurpurnen Himmel brachen goldene Sonnenstrahlen durch. Die beiden Jungen liefen Seite an Seite über die staubige Straße. Hakim schaute in die goldenen Lichtstrahlen hinein, in die Sonne, die ihn zur Heimkehr begrüßte. Er wußte instinktiv, daß ihn eine Verheißung erwartete. Und diese Verheißung war für ihn wie die Morgenröte eines neuen Tages.

Nachwort

von Deepak Chopra

Der vedischen Tradition folgend glaubt man in Indien, daß der Name und die Gestalt eines Menschen untrennbar zusammengehören. »Gautama« ist ein alter Name, der wörtlich »der Erleuchtete« bedeutet. Er wurde dem Prinzen gegeben, der vor langer Zeit als der Buddha Erleuchtung erlangt hat.

Gautama Chopra, mein Sohn, ist ein Kind der Morgenröte – der Morgenröte eines neuen Bewußtseins, das sich anschickt, die Welt zu verwandeln. In der kommenden Generation bedarf es einer ausreichend großen Zahl neuer, erleuchteter Führer, um sicherzustellen, daß unsere Beziehung zur Mutter Erde wieder heilig und rein wird. Ich glaube, daß Gautama einer dieser neuen Führer ist.

Als Gautama ungefähr vier Jahre alt war, haben meine Frau Rita und ich dafür gesorgt, daß er meditieren lernte. Das Meditieren war ein wichtiger Teil seiner Erziehung; er ist bereits in jungen Jahren mit der Erfahrung der inneren Stille vertraut geworden. Wir vermittelten ihm auch, daß er, obwohl wir ihn gezeugt hatten, uns nicht gehörte. Er war ein Geschenk des Universums, das uns vorübergehend in Obhut gegeben war. Wir empfanden es als ein Privileg und eine Ehre, diese Aufgabe zu übernehmen.

In meinem Buch *The Seven Spiritual Laws of Success* habe ich über das »Gesetz des Dharma« geschrieben, das besagt, daß wir für einen Zweck auf Erden sind und daß jeder von uns eine einzigartige Begabung oder ein besonderes Talent hat, um damit andere zu beschenken. Gemäß diesem Prinzip haben wir Gautama nie gesagt, daß er in der Schule viel leisten und gute Noten bekommen oder daß er die besten Colleges besuchen müsse. Wir haben ihm lediglich erklärt, daß er herausfinden müßte, was seine besonderen Talente seien und daß er sie in den Dienst der Menschheit stellen sollte. Heute ist Gautama zwanzig Jahre alt; er studiert mit leidenschaftlichem Interesse Religion und Literatur an der Columbia University. Dieses Buch ist der Ausdruck seiner besonderen Begabung.

Hakims wunderbare Reise ist ein mutiges, provozierendes Engagement für die Freiheit. Es handelt davon, aus dem Gefängnis des Vertrauten zu fliehen und sich in das Unbekannte zu wagen – in den Bereich unendlicher Möglichkeiten. Es ist ein Beispiel für die Möglichkeit, wie die *Seven Spiritual Laws of Success* von einem kleinen Jungen – Hakim – wirklich gelebt werden können. Hakims Prüfungen, Nöte und Abenteuer geben Einblick, wie diese Prinzipien auf unserer persönlichen Suche nach Sinn und Bestätigung wegweisend werden können.

Die meisten meiner eigenen Werke sind Sachbücher

gewesen. Es ist daher für mich ein befreiendes Erlebnis, daß mein Sohn die Leitlinien der *Seven Spiritual Laws of Success* in einer Parabel zum Ausdruck bringt. Die erzählende Literatur stellt die Wahrheit oft klarer dar als Sachbücher. Wie Tagore einmal bemerkte, findet »Wahrheit in ihrem eigenen Gewand Fakten zu eng. In der schönen Literatur bewegt sie sich mit Leichtigkeit«. Wenn wir die wesentliche Botschaft von Gautamas Buch erkennen, erhaschen wir einen flüchtigen Einblick in eine Realität, die über das Praktische hinausgeht und das Magische und das Göttliche berührt.

Während unserer vielen Reisen nach Indien hat Gautama das harte Leben der obdachlosen Straßenkinder kennengelernt, die nichts besitzen außer ihrer schönen Seele. In Indien findet man selbst inmitten von unglaublicher Armut und Entbehrung in den Kindern keine Spur von Gewalt; weder Feindseligkeit noch Wut oder Zorn. Sogar unter den Allerärmsten begegnet man einer einfachen, süßen Unschuld.

Hakims wunderbare Reise erzählt die bewegende Geschichte von einem Kind, das verloren und allein ist und seinen Platz im Leben zu finden sucht. Dieses Kind existiert in einem jeden von uns. *Das Kind der Morgenröte* ist in gewisser Hinsicht eine Metapher für unser aller Leben. Wir kommen allein auf die Welt und werden sie eines Tages allein verlassen. Dazwischen begegnen wir einander für einige kostbare Augenblicke als Reisende auf einem kosmischen Weg.

Als Gautama sechs Jahre alt war, haben wir mit ihm

darüber gesprochen. Er sagte: »Wir sind mit verschiedenen Zügen hier angekommen und haben uns im Bahnhof getroffen. Wir sollten zusammen Spaß haben, bevor wir wieder mit verschiedenen Zügen abfahren!« Er hat mir auch gesagt, daß wir uns schon einmal zuvor begegnet sind, vor langer, langer Zeit, auf einer Brücke in der Nähe eines Bergs in Tibet, und daß wir die Gewohnheit hätten, unsere Rollen zu tauschen. Wir sind alle uralte Seelen, und es ist unsere Bestimmung, unzählige Rollen zu spielen. Wir sind jedoch nicht eins mit den Rollen, die wir spielen. Der erste Schritt auf unserem Weg des Erwachens besteht darin, aufmerksam wahrzunehmen, welche Rollen wir spielen.

Ich hoffe, daß Gautamas Buch Ihnen gefallen wird. Wenn Sie jung sind, werden Sie sich vielleicht auf die Träume und Wünsche der Hauptfigur dieses Buches einstimmen. Wenn das gelingt, werden Sie in Hakims Erweckungsreise möglicherweise die Geschichte Ihres eigenen Lebens erkennen. Und wenn Sie nicht mehr so jung und wie ich ein Vater (oder eine Mutter) sind, werden Sie vielleicht feststellen – was ich gerade zu lernen beginne –, daß die Kinder unsere größten Lehrer sind.

Es heißt, das Kind sei der Vater des Mannes. Nachdem ich die Seiten dieses Buches gelesen habe, bin ich von der Wahrheit dieses Satzes mehr denn je überzeugt.

Danksagung

Dieses Buch wäre ohne die Bemühungen und die Aufmerksamkeit zahlreicher Personen nicht möglich gewesen. Im besonderen möchte ich meine Zuneigung und Dankbarkeit aussprechen gegenüber:

Janet Mills, ohne deren Loyalität, Hingabe und professionelles Können als Lektorin dieses Buch nie seine endgültige Fassung erreicht hätte. Ich danke Ihnen, Janet. Ich liebe Sie!

Lynn Franklin, für Ihren Scharfblick und Ihre Führung.

Ariel Ford, für all Ihre Begeisterung, Ihre Liebe und Ihren unvergleichlichen Elan.

Peter Guzzardi dafür, daß Sie Ihre Brillanz und Ihre Weisheit mit mir geteilt haben und mir halfen, zum Schriftsteller heranzuwachsen.

Uma Ergil für die unzähligen Stunden, in denen Sie still im Hintergrund geblieben sind.

Mom und Papa, daß Ihr mir durch Eure unerschöpfliche Liebe und Weisheit unendliche Möglichkeiten erschlossen habt.

Mal dafür, daß Du mir durch Dein eigenes Vorbild den Mut gegeben hast, meinen Träumen zu folgen. Was für

ein Jahr! Viel Glück. Und Dir sogar noch mehr, Sumant.
All meinen Angehörigen für Eure uneingeschränkte Liebe und Unterstützung.
Candice, weil Du mir gezeigt hast, was wahre Schönheit und wahre Freundschaft wirklich bedeuten.
Und nicht zuletzt meinem BOYZ (Du weißt, wer Du bist) dafür, daß Du meinem Leben Lachen und Spaß gebracht hast. Und was nun?

Inhalt

Econ & List

Mardi Oakley Medawar

Der Heiler
vom roten Fluß

Roman

368 Seiten

TB 27373-6

Deutsche Erstausgabe

Im Sommer 1866 kommen die Kiowa-Indianer am Regenberg zusammen, um beim Sonnentanz einen neuen Häuptling zu wählen. Doch der Frieden der Versammlung erweist sich als trügerisch. Einer der Klan-Führer wird ermordet – offenbar vom Häuptling einer anderen Sippe. Ein Krieg unter den Klans droht – bis Tay-bodal, der Heiler der Kiowa, vortritt. Eigentlich ist er nur ein Außenseiter, dem niemand Beachtung schenkt, doch nun schwört er, den wahren Mörder zu finden. Tay-bodal ahnt bald, daß nicht nur sein eigenes Schicksal, sondern auch die Zukunft seines Stammes gefährdet ist.

»Ein hervorragend geschriebener Roman mit einer abenteuerlichen, herzergreifenden Geschichte!«

Booklist

Econ & List

Dolores Price ist dreizehn, als ihre kleine Welt aus den Fugen gerät. Von einem Tag auf den anderen verläßt ihr Vater die Familie und stürzt ihre lebenslustige Mutter in eine tiefe Krise. Wie ein plötzlich gestrandeter Wal kommt Dolores sich vor. Aber große Mädchen weinen nicht, und deshalb beginnt Dolores ganz allein ihre Suche nach Liebe und Wahrheit.

Wally Lamb
Die Musik der Wale
576 Seiten
TB 27512-7
Deutsche Erstausgabe

»Ein bemerkenswerter Roman ... wie John Irving hat Wally Lamb in seinem Buch höchst eigenwillige und bunte Figuren versammelt.« *Bookpage*

»Wally Lambs Buch ... wurde in Amerika als bester Debütroman des Jahres prämiert. Seine wunderbar vitale Heldin begleitet man gern über fast 600 Seiten: Dolores verfügt über eine beachtliche Mischung aus genialer Beobachtungsgabe, großer Klappe und Verletzbarkeit.« *Brigitte*